contents

아, 아니, 이건 오해야. YES or NO 배게가 아니라, YES밖에 없어……!!

MAYBE?!

You like Mama
Not
my Daughter
?!

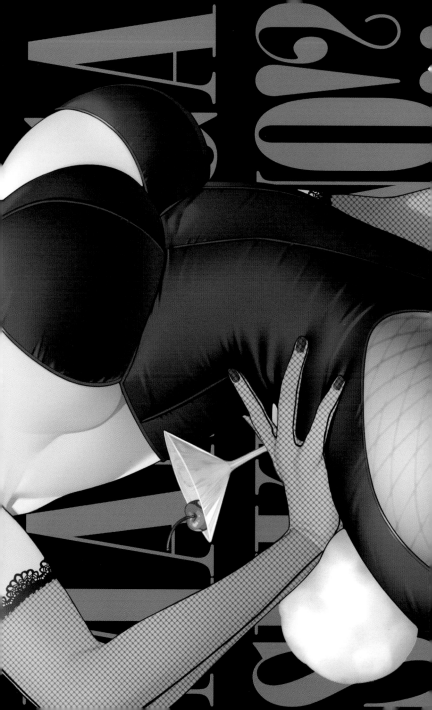

커버 · 컬러내지 · 본문 일러스트
기우니우

프롤로그

♠

　새삼 말할 필요도 없을지도 모르나 나는── 아테라자와 타쿠미는 10살 때부터 한 여성을 계속 짝사랑했다.

　옆집에 사는 소꿉친구──의 어머니.

　언니 부부의 딸을 거둬서 키우는 그녀에게 계속 마음을 바쳐왔다.

　평범──하진 않을 것이다. 아마도.

　객관적으로 그렇게 생각한다.

　나 같은 사랑을 하는 남자는 무척이나 드물 것이다.

　10살 때부터 계속── 즉, 10대의 모든 기간을 오로지 그녀만 생각하며 보내왔다.

　중학교에서도, 고등학교에서도.

　사춘기 한복판에 있는 친구들이 동갑내기 여자아이나 예쁜 선배를 화제로 이런저런 이야기를 할 때도, 내 머릿속에 있던 사람은 단 한 명, 옆집에 사는 그녀뿐이었다.

　『어른이 되면 아야코 씨에게 고백한다.』

　10살 때부터 그런 결의를 마음에 품고 살아온 나는 다른 여자와 사귄 적은 물론이요 다른 여자를 좋아한 적조차 없다.

　한눈팔지 않고 그녀만을 계속 좋아했다.

　좋게 말하면 순정.

나쁘게 말하자면…… 그, 살짝 스토커 같았다는 건 부정할 수 없을 거다. 응.

아무튼.

아야코 씨를 좋아한 나머지── 이뤄지지 않을 어려운 사랑을 해버린 나머지 나이가 곧 솔로 경력이라는, 옆에서 보면 칙칙한 10대를 보냈다.

하지만.

하지만 말이다.

핑크빛 무드 같은 게 하나도 없었냐고 한다면…… 그렇지는 않았다.

물론 신에게 맹세코, 천지신명에게 맹세코 아야코 씨가 아닌 다른 여자에게 반한 적은 없고 여자친구를 사귄 적도 없다.

다만…… 켕기는 일이 하나도 없냐면 거짓말이 될지도 모른다.

고등학생 때.

여자친구를 사귄 적은 없다.

하지만 그와 비슷한 존재라면 있었다──.

"아테라자와 말인데."

고등학교 2학년 때의 방과 후.

저녁노을로 물든, 역으로 향하는 길.

교문에서 나와 한동안 침묵이 이어진 뒤에 옆에서 나란히 걷던 그녀가 입을 열었다.

살짝 긴장이 묻어나는 목소리였다.

침묵이 불편했던 건지, 아니면 나를 배려해서 말을 건 건지.

"이런 식으로…… 누군가와 단둘이 하교한 적 있어?"

"아니."

나는 작게 고개를 저었다.

"오늘이 처음이야."

"그렇구나……. 나도 처음이야. 남자랑 같이 하교하는 건."

교복을 입은 그녀는 쑥스러운 듯 얼굴을 붉혔다.

"여럿이서 돌아간 적은 있지만, 딱 둘이서만은 없었거든. 아하하. 왠지 긴장되네."

"의외인데. 오다키는 꽤 인기 있을 것 같은데."

"뭐? 인기는 무슨. 그런 거 없어."

"인기 있는 녀석은 대체로 그렇게 말해."

"그럼 인기 없는 사람은 뭐라고 말하는데?"

"……음, 인기 없다고 말하겠지."

"아하하. 똑같잖아."

눈을 접으며 즐겁게 웃는다.

상대방도, 그리고 나도 조금 긴장이 풀린 느낌이 들었다.

오다키 아리사.

같은 반의 여학생이다.

어깨보다 조금 길게 내려가는 찰랑찰랑한 머리카락과 또렷하고 큰 눈. 늘 미소 띤 얼굴에 밝고 화사한 분위기를 지녔다.

성격은 비교적 친근한 느낌으로, 반에서는 남녀 불문 누구와도 친하게 지냈던 것 같다. 동갑내기 남학생들에게서의 인기도 높았다.

하지만 그러면서도—— 어딘가 선을 하나 긋고 있는 느낌도 있다.

누구와도 사이가 좋지만, 누구도 일정 거리 이상은 가까이 오지 못하게 하는 독특한 아우라가 있다.

나와는 2학년 때 같은 반이 되었는데, 그렇다고 해서 딱히 친한 건 아니다. 볼일이 있으면 최소한의 대화를 하는 정도의 관계였다.

단순한 같은 반 학생. 그 이상도 그 이하도 아니었다.

그런 이야기를 듣기 전까지는——.

"그런데 말이야. 호칭 어떻게 할래?"

"호칭?"

"그래, 호칭."

오다키 아리사는 말했다.

"'아테라자와'는 혀가 꼬이기 쉬우니까, 성 말고 이름으로 불러도 돼?"

"마음대로 해."

"와, 무관심이 뚝뚝. 미리 말해두는데…… 너도 마찬가지거든? 내가 이름으로 부르니까 너도 나를 이름으로 불러줘."

"왜 내가……."

"보통 그렇잖아."

"……싫어."

"왜?"

"아무튼."

밀어내듯이 말했다.

지금 와서는 다소 부끄럽기 그지없지만, 당시의 나는…… 필요 이상으로 여자와 친해지지 않도록 거리를 뒀다.

그런 건── 불성실하다고 생각했으니까.

아야코 씨를 마음에 담아두면서 다른 여성에게 한눈을 파는 남자는 되고 싶지 않았으니까.

그래서 같은 반 여학생을 친근하게 이름으로 부르는 건 얼렁뚱땅 피해왔다.

……냉정하게 생각한다면 참으로 징그러운 방침이었다고 보지만.

혼자서 멋대로 철벽을 친 셈이었으니까.

자기만족에도 정도가 있지.

"뭐든 상관없잖아. 호칭 같은 건."

"뭐든 상관없다면 이름이어도 상관없을 텐데……. 흐음. 뭔가 그런 식으로 과민반응하는 게 오히려 수상해."

그녀는 장난기 어린 미소를 지었다.

"어라라? 사실은 나를 꽤 의식하고 있는 거야? 무뚝뚝해 보였지만 속으로는 두근거리고 그래?"

"……!"

조금 동요하고 말았다.

딱히—— 의식한 건 아니다.

다만 놀림을 받아서 발끈했다.

당시의 나는 지금보다 훨씬 어린 애라서, 이런 식의 놀림을 가볍게 넘길 정도의 여유도 요령도 없었다. 그래서 조금 발끈한 나는.

"——아리사."

그녀의 이름을 불렀다.

"……!"

노골적으로 동요하는 오다키 아리사.

걸음을 멈추고, 노을빛을 받아 물들었던 얼굴을 한층 더 붉혔다.

"……부끄러워하지 마. 네가 먼저 부르라고 했잖아."

"부, 부끄러운 적 없거든! 갑작스러워서 놀란 것뿐이야!"

그녀는 버럭 소리친 뒤에 가볍게 헛기침을 했다.

"그럼…… 다음은 내 차례지."

긴장했으면서도 그걸 드러내지 않으려고 필사적으로 숨기는 듯한 얼굴로 나를 똑바로 바라보며 말했다.

"타, 타쿠미⋯⋯."

"⋯⋯어."

어떻게 반응해야 할지 알 수 없어 적당히 대답했다.

잠시 민망한 침묵이 흘렀다.

"아, 아하하. 역시 뭔가 이상한 느낌이네. 지금까지 별로 대화한 적도 없었는데 갑자기 이름으로 부르게 되다니."

얼버무리듯이 웃은 뒤 이쪽에 등을 보이며 걸어갔다.

"타쿠미, 타쿠미⋯⋯. 으음. 열심히 익숙해져야겠다."

왜냐하면.

돌아본 그녀가 말했다.

쑥스러운 듯, 하지만 조금 기쁘다는 듯.

"오늘부터 타쿠미가 내 남자친구니까."

오다키 아리사.

고등학교 동창.

그리고.

고등학교 2학년 때——.

나는 그녀의 '남자친구'로 불리던 시기가 있었다.

제1장
동거와 사정

♥

나는 카츠라기 아야코, 3n살.

사고로 죽은 언니 부부의 아이를 거둔 뒤 벌써 10년.

장래엔 딸이 옆집 사는 탓군과 결혼하면 좋겠다, 같은 생각을 하면서 하루하루를 살고 있었더니──어느 날 갑자기, 그 탓군에게 고백을 받았다.

딸이 아니라 나를 좋아한다고.

경천동지.

청천벽력.

세상에나 마상에나!

……어라? 유행 지났어? 요즘 애들은 이거 잘 안 써?! 옛날 사람이라는 티가 확 난다고?! 으아악. 취소, 취소. 방금 건 취소!

잠시 화면 조정 시간 갖겠습니다.

아무튼── 그가 고백한 뒤로 우리의 관계는 일변했다.

격변했다.

이제 단순한 이웃사촌이 아니게 되었다.

그 후 한마디로는 정리할 수 없을 법한 온갖 이벤트를 경험했고── 나는 간신히 내 마음을 눈치챘다.

좋아한다.

탓군을 좋아한다.

아들이나 동생 같은 존재로서가 아니라, 이성으로서 좋아한다.

한 번 마음을 인정하고 나다 그다음부터는 무척이나 순탄……하지는 않았고, 마지막에 이래저래 구질구질 수라장이 펼쳐지긴 했지만── 그래도.

탓군에게서 고백을 받은 지 약 석 달.

나는 그와 사귀기로 했다.

3n살의 나이에 인생 첫 남자친구.

기쁘기도 하고 부끄럽기도 해서 뭘 어떻게 해야 할지 모르겠다. 잔뜩 들떴다.

사귀기로 한 것만으로도 이렇게나 행복한데, 본격적인 연애가 시작되면 대체 어떻게 되는 거지……?!

긴장과 흥분으로 가슴이 크게 뛰는 나였으나── 우리의 연애는 난데없이 커다란 장벽에 부딪치게 되었다.

『다음 달부터── 도쿄에서 일해보지 않겠어?』

상사인 오이노모리 씨에게서 그런 제안을 받았다.

내가 담당하는 작품의 애니화에 맞춰 석 달 동안만 도쿄에 살면서 전력으로 애니메이션 프로젝트에 관여해보지 않겠냐는 제안.

명령이 아니니까 거절할 수도 있었다.

하지만── 나는 그 제안을 받아들였다.

편집자로서 실력을 쌓기 위한 기회였고, 무엇보다 나 자신이 내가 바닥부터 함께 쌓아 올린 작품의 애니화를 제대로 지켜보고 싶었다.

하지만 도쿄에 살게 된다면—— 탓군과는 떨어지게 된다.

고작 석 달이라고는 하나 사귀자마자 바로 장거리 연애라니.

가장 즐거울 시기에 같이 있을 수 없다니!

미련이 뚝뚝 떨어지긴 했지만—— 그래도 탓군은 그런 내 등을 밀어주었다.

내 꿈과 결의를 진심으로 응원해주었다.

흔쾌히 보내주었다.

카츠라기 아야코.

아테라자와 타쿠미.

우리 두 사람의 연애는 장거리 연애로 막을 열게…… 된 줄 알았는데.

9월.

도쿄, 오이노모리 씨가 마련해준 맨션——의 한 집.

구조는 1LDK.

혼자 사는 것이라면 넉넉한 크기일 것이다.

도쿄에서 이 이상을 바라는 건 사치다.

살풍경한 방으로, 가구는 아직 최소한의 것밖에 없다.

이 방은 오이노모리 씨의 개인 소유물. 아는 사람에게 빌려준 적도 있었다고 하며, 이전 주인이 사용했던 것으로 보이는 TV 나 냉장고 등이 그대로 놓여 있다. 마음대로 사용해도 괜찮고 필요 없으면 버려도 된다고 들었다.

방구석에는 내가 가져온 캐리어 가방.

석 달 동안 살게 된다면 그에 맞는 필수품들이 있기 때문에 이것저것 챙겨왔다. 다른 짐은 나중에 택배로 도착할 예정이다.

그리고.

방에는—— 캐리어가 하나 더 놓여있다.

딱 봐도 남자들 사이에서 유행할 법한, 검은색을 베이스로 한 디자인.

그렇다.

탓군의 가방이다.

지금—— 이 방에는 그가 있다.

테이블을 사이에 두고 내 맞은편에 앉아있다.

장거리 연애를 할 예정이었던 애틋하고 사랑스러운 남자친구 가—— 어째서인지 지금 내 눈앞에 있다.

오늘.

이 방에 온 나를 맞아준 사람은 탓군이었다.

석 달 동안 떨어져 있어야 하다니 역시 쓸쓸해라. 아아, 이 문을 열었을 때 탓군이 서 있으면 좋겠다──같은 망상을 하고 있었더니 정말로 나왔다.

말도 안 돼!

너무 보고 싶어서 보는 환각?!

아니면── 신이 내 소원을 들어준 거야?!

등등.

순간 온갖 생각이 스쳐 갔지만…… 아마 전부 오답이다.

그곳에 있던 탓군은 환각이 아니라 진짜였고, 신이 내 소원을 이뤄준 것도 아니었다.

신이라고 해야 하나……. 아마 악신 같은 인간의 힘이 작용한 느낌이다.

조금 전.

방 안에서 나와 나를 맞아준 그는 이런 말을 했다.

──오늘까지 말씀드리지 않아서 정말 죄송합니다……. 하지만 말하고 싶어도 그럴 수 없었어요. 아야코 씨에게는 비밀로 한다는 게…… 오이노모리 씨가 건 조건이었거든요.

──그게…… 어디서부터 설명해야 하지. 그…… 결론부터 말하자면.

──오늘부터 저도 여기에 같이 살게 되었습니다.

"이, 인턴십?"

한바탕 설명을 들은 나는 반사적으로 괴성 같은 목소리를 냈다.

탓군은 힘없이, 미안하다는 듯이.

"……네."

그렇게 대답하며 고개를 끄덕였다.

"즉 탓군은…… 앞으로 도쿄에서 인턴으로 일한다는 거야?"

"……그럴 예정입니다."

어안이 벙벙해졌다.

인턴십.

아주 대충 설명하자면 기업 조직 내에서 일시적으로 일하는 제도다.

나라에 따라 정의는 제각각이지만── 일본은 대학생이 근무 체험하는 걸 가리키는 경우가 많다.

구직 활동의 일환으로서 일정 기간 기업에서 일하는 제도.

그게 인턴십이다.

우와…… 추억이다.

나도 대학생 때 인턴을 할지 말지 고민했었지. 하고 싶은 마음 은 있었지만…… 결국 귀찮아서 안 했다.

"전부터 3학년이 되면 인턴을 해보고 싶다고는 생각했거든요."

탓군은 조곤조곤 이야기했다.

"본격적인 구직 활동을 시작하기 전에, 회사 경험으로서 인턴을 해두고 싶었어요. 근무 체험 같은 건 대학생일 때밖에 못 하는 일이니까요. 그래서 3학년이 된 뒤로 여기저기 찾아보기는 했는데요."

"여, 역시 탓군이구나……."

수준이 높다.

수준이 높은 척하는 게 아니라 정말로 수준이 높다.

귀찮아져서 안 했던 나와는 크게 다르다.

"아니, 그렇게 대단한 건 아닌걸요. 정말 막연하게 찾아본 정도니까요."

겸손하게 말하는 탓군.

"하지만…… 토호쿠에서는 좀처럼 조건이 맞는 곳이 없더라고요. 그래서…… 오이노모리 씨에게 상담해봤죠."

"…………."

들은 이야기에 따르면——.

전부터 탓군과 오이노모리 씨는 종종 연락을 주고받았다고 한다.

연락처를 교환한 타이밍은 여름방학 전, 오이노모리 씨가 우리 집에 왔을 때.

셋이서 초밥을 먹고, 그 후 내가 도발에 넘어가 미우의 교복을 —— 아니, 이건 떠올리지 않아도 되는 부분이다. 영원히 기억을 봉인해놔야지.

아무튼.

그 뒤로 두 사람은 정기적으로 메일과 전화를 나눴다고 한다.

처음에는 오이노모리 씨가 나와 탓군의 관계를 걸고 살짝 놀려먹으면서 즐겼을 뿐이었으나── 점점 탓군의 장래와 진로에 대해서도 이야기하게 되었다.

……몰래 여성과 연락을 주고받았다는 점에서 어쩌면 나는 여자친구로서 질투심을 불태우는 게 일반적인 반응일지도 모르지만, 솔직히 그런 감정은 전혀 끓지 않았다.

사귀기 전의 이야기고…… 무엇보다 상대가 오이노모리 씨니까.

아마도 그쪽에서 막무가내로 연락을 했을 테고…… 게다가 진로 상담이라는 점도 이해가 갔다.

비유하자면── 대학교의 졸업생 특강 같은 거겠지.

오이노모리 유메미는 그런 종류의 의견을 구하는 상대로서는 딱 맞았을 거다.

일류 출판사에서 실적을 남긴 뒤 퇴사하고 자신의 회사를 창업. 실력 있는 경영자로서 지금도 계속 최전선에서 활약하는 여걸.

그녀의 체험담이나 업무관은 무척 공부가 될 것이다. 실제로 대학생을 위한 강연회도 꽤 하고 있으니까.

나도 한 명의 사회인으로서는 대단히 존경한다.

한 명의 인간으로서는…… 존경은 개뿔.

"저로서는 하나도 기대하지 않고, 상담이라기보다는 푸념처럼 늘어놓았던 건데요…… 그랬더니 오이노모리 씨가 순식간에 인턴처를 찾아주더라고요."

"오오……."

변함없이 초인적이었다.

"오이노모리 씨의 지인이 경영하는 회사인데, 마침 올해부터 인턴을 시작한 곳이 있대요. 하지만 그 조건이……."

"서, 설마――."

나는 예상을 입에 담았다.

"그 조건이 나와…… 가, 같이 사는 거야?"

"……네."

면목이 없다는 듯 고개를 끄덕였다.

"인턴 이야기를 했을 때, 오이노모리 씨가 아야코 씨의 단신 부임에 대해 생각하고 있다는 것도 들었는데…… 그러면서 저와 아야코 씨가 같이 살아보는 건 어떻냐고 제안하셨어요."

아무래도 탓군은 내 도쿄 부임에 대해 나보다 먼저 들었던 듯하다.

상당히 전부터 내가 모르는 곳에서 음모가 휘몰아치고 있었던 모양이다.

"물론 처음에는 거절했죠! 그때는 아직 사귀기 전이었고, 아야코 씨의 의견도 묻지 않고 마음대로 동거를 정하면 안 된다고 생각했으니까요. 하지만……."

속사포처럼 늘어놓다가도 점점 목소리가 작아졌다.

"역시 석 달이라고는 해도 아야코 씨와 떨어지는 건 쓸쓸해서요."

"탓군……."

"그리고 오이노모리 씨가—— 만약 거절하면 도쿄에 살기 시작한 아야코 씨를…… 호스트나 보이즈 바에 끌고 다닐 거라고."

"그런 소릴 했어?!"

뭐야 그게?!

무슨 협박을 하는 거야?!

"……으, 으아~~. 그 사람은 진짜 매번 황당무계하다니까! 탓군도 탓군이지. 내가 그런 곳에 갈 리가 없잖아?"

"그건 그렇지만…… 마, 만에 하나라는 것도 있으니까요. 오이노모리 씨도 '카츠라기처럼 순진하고 결벽적인 타입일수록 한번 빠지면 정신을 못 차리지'라는 둥, 자꾸 불안을 부추기는 소리를 하길래."

탓군은 고스란히 휘둘려버린 모양이었다.

오이노모리 씨의 수완은 대단하니까.

나도 몇 번을 넘어갔는지.

"너무 걱정되었어요. 만약 아야코 씨가 호스트에 빠져서 빚쟁이가 되는 바람에…… 그렇고 그런 가게에서 일하게 되면 어떡하지? 하고."

"어디까지 망상한 거야?!"

예상보다 3배쯤 더 흉악한 망상이잖아!

오이노모리 씨는 얼마나 불안을 부추긴 거야!

그렇게.

크게 난리가 난 타이밍에 전화가 왔다.

중요한 대화를 하는 도중이었기 때문에 무시하는 것도 고려했지만── 상대가 만악의 근원이라면 사정이 달라진다.

"……잠깐만."

가볍게 양해를 구한 뒤 자리에서 일어났다.

거실 옆에 있는 방으로 들어가 미닫이문을 꼭 닫았다.

그 후 전화를 받자.

『안녕, 카츠라기.』

아주 즐거워하는 듯한 오이노모리 씨의 목소리가 귀에 꽂혔다.

히죽히죽 웃는 얼굴이 눈앞에 선하다.

이 집에 들어오기 전에도 짧게 통화하긴 했지만…… 타이밍을 가늠한 뒤 다시 건 모양이다.

내가 한바탕 놀란 뒤 진정했을 타이밍을.

『후후. 어때? 내 서프라이즈는 마음에 들었나?』

"……덕분에요."

『하하하. 그거 다행이군.』

비아냥거려 봤으나 조금도 통하지 않은 것 같았다.

"……터무니없는 짓을 저지르셨더라고요. 저만이 아니라 탓군까지 끌어들여서……. 저희는 오이노모리 씨의 장난감이 아니라고요."

『표현이 너무한데. 고마워한다면 모를까, 원망을 받을 일은 한 적 없어.』

오이노모리 씨는 천연덕스러운 말투로 대답했다.

『카츠라기는 도쿄에서 하고 싶었던 일을 할 수 있고. 아테라자와는 하고 싶었던 인턴십을 할 수 있고. 더해서 너희 커플은 사귀자마자 바로 장거리 연애에 돌입한다는 비극을 회피했지. 나는 나대로 장난……, 이 아니라 서프라이즈가 성공해서 흡족하고. 아무도 손해 보지 않는 최고의 결과 아닌가?』

"그건……."

설득당할 뻔했다.

위, 위험해라……!

순간 '확실히 손해 본 사람은 아무도 없지'라는 생각이 들고 말았어……!

『애초에 그 집은 내 거잖아. 너희 커플은 돈 한 푼 들이지 않고 도시의 맨션에서 동거생활을 즐길 수 있는 거라고. 조금 더 은혜를 느껴줄 수 있지 않을까?』

"……으, 은혜를 못 느끼는 건 아니지만요……. 하지만, 그렇다고 해도 뭔든 마음대로 해도 되는 건 아니잖아요."

『뭐, 확실히 이번만큼은 조금 지나쳤을지도 모른다고 반성은 하고 있는데…….』

필사적으로 항의하자 오이노모리 씨의 목소리 톤이 조금 내려갔다.

『하지만 이해해줘. 나도 악의는…… 음, 없었다고는 안 하지만 100% 악의만인 건 아니야. 너희 두 사람의 관계를 배려하는 마음도 조금은 있었어.』

"…………."

『'너소되'의 애니화 때 카츠라기가 일시적으로 도쿄에 거주하는 건 전부터 생각했었어. 어떤 방식으로 하면 제일 재미—— 아니, 네게 도움이 될지 머리를 굴리던 차에…… 마침 아테라자와에게서 인턴십 상담을 받았지.』

"……그때 저희를 같이 살게 하는 걸 떠올렸다는 건가요?"

『정답!』

득의양양하게 말하는 오이노모리 씨.

전화니까 보이지 않지만, 분명 우쭐한 표정일 것이다.

『불확정 요소가 많으니까 잘 될지는 알 수 없었지만, 하하. 결과적으로는 대성공이었군. 게다가 너희는 너희대로 딱 좋은 타이밍에 사귀기 시작했고.』

"너, 너무 안이하잖아요……! 만약 저희가 사귀지 않았다면 어떻게 할 생각이셨는데요?!"

동거 계획이 시작된 것은 탓군이 인턴 상담을 했을 때부터.

즉── 우리가 사귀기 전부터 계획이 움직이고 있었다는 소리다.

우리가 사귄 것은 고작 일주일 전부터니까.

"저희는 연인도 아닌데 같이 살게 될 뻔했다고요!"

『그것도 좋지.』

태연하게 대꾸하는 오이노모리 씨.

『계속 친구 이상 연인 미만의 관계로 구질구질 끌 바에야 억지로 동거시키는 것도 방법 중 하나라고 생각했지. 어차피 늦든 이르든 너희는 사귀게 될 테니까, 시기의 문제밖에 없잖아?』

다, 당연하다는 듯이 말하다니⋯⋯!

그야 옆에서 봤다면 '빨리 연애해!' 말고 다른 감상이 안 나왔을지도 모르지만⋯⋯ 우리에게는 우리 나름대로 드라마가 있었다고!

"배, 백 보 양보해서 동거 건은 됐다고 쳐요. 확실히 저희에게도 이득이 있으니까요. 하지만⋯⋯ 그렇다면 왜 저에겐 말해주지 않으신 건데요!"

결국 가장 큰 분노 포인트는 그거다.

전부 나에게는 비밀로 하고 독단으로 진행했다는 점.

"이렇게 중요한 문제에 저를 따돌리고, 탓군까지 끌어들여서 몰래 수작을 부리다니⋯⋯ 너무 심하셨어요. 제가 무슨 마음으로 도쿄에 오겠다는 결단을 내린 줄 아신 기예요…….”

『그래서야.』

문득——오이노모리 씨가 날카로운 목소리로 말했다.

“그래서?”

『너의 그 마음이야말로, 그 결단이야말로 내가 원하던 것이니까. 나라고 딱히 널 깜짝 놀라게 해주겠다는 생각만으로 서프라이즈를 마련한 게 아니거든?』

“………….”

『만약 미리 이 동거 건을 알려주었다면—— 도쿄에 오면 아테라자와와 동거하는 생활이 기다리고 있다는 걸 알았다면 카츠라기는 더 선뜻 도쿄에 온다고 결단할 수 있지 않았을까?』

“………….”

그건—— 그럴지도 모른다.

이번 도쿄 단신 부임.

나에게는 하고 싶은 일을 할 수 있는 기회.

마음에 걸리는 건 미우와—— 그리고 탓군.

이제 막 사귀기 시작한 그와 장거리 연애가 되는 게 괴로웠다.

그래도—— 나는 결단을 내렸다.

하고 싶은 일을 하자고.

연애를 이유로 일을 뒷전으로 미뤄버리는 여자가 되고 싶지 않다고.

엔터테인먼트 사업에 종사하는 인간으로서 전력을 다하고 싶었다――.

『애니메이션이란 내가 말할 것도 없이 스케일이 크지. 다양한 업종과 연계하는 대형 프로젝트. 원작의 담당 편집자가 관여한다면 당연히 그 중추에 놓이게 돼. 그런 중요한 일을 어중간한 각오로 임하면 곤란하거든.』

담담하게 설명한다.

『남자친구와의 동거에 잔뜩 들뜬 기분으로 도쿄에 오는 건 피하고 싶었다. 확고한 결의가 필요했어. 예를 들어―― 사랑하는 그이와 장거리 연애가 된다고 해도 그 일을 하고 싶다고 바라는…… 그런 강하고 굳건한 결의가.』

"……저를 시험했다는 건가요."

『그렇게 되지. 하지만―― 믿고 있었어.』

이번에는 부드러운 목소리가 된 오이노모리 씨가 말했다.

『내가 아는 카츠라기 아야코는…… 답이 없을 정도로 연애 초보지만, 남자에 눈이 멀어서 일을 망쳐버릴 정도로 한심한 여자는 아니라고.』

"…………."

『단신 부임을 결의했을 때의 마음만 있다면 남자친구와의 동거라는 최고로 설레는 이벤트 도중이라고 해도 일을 소홀히 하지는 않을 테지. 카츠라기는 훌륭히 내 신뢰에 부응해줬어. 나는 아주 만족이야. 앞으로 석 달 동안 왕성하게 일하고, 왕성하게 사랑을 키우고, 충실한 동거생활을 즐기도록.』

말 그대로, 정말 크게 만족한 듯한 목소리를 끝으로 통화가 마무리되었다.

나는 머리를 부여잡았다.

으음…….

뭐라고 해야 하나, 굉장히 답답한 기분.

뭔가…….

결국 얼렁뚱땅 넘어가 버린 것 같은 느낌이 드는데.

정말…… 오이노모리 씨는 치사하다니까.

분명 나를 놀라게 해서 장난치고 싶었던 것뿐일 텐데, 그럴싸한 이유를 갖다 붙여서 정당화한다니까.

정말로 말재주가 탁월하다.

요즘 시대가 아니었다면 백성들을 이끌어 혁명을 일으키는 선동가가 되었을지도 모른다.

"……하아."

뭐라 말할 수 없는 기분인 채 나는 거실로 돌아왔다.

그러자 앉아서 기다리고 있던 탓군이 나를 보고 일어났다.

"전화…… 오이노모리 씨였어요?"

"으, 응. 이래저래 항의하고 싶었는데, 결국 홀랑 넘어가 버린 느낌이야."

"……그렇, 군요."

탓군은 여전히 미안해하는 얼굴로.

"저기, 아야코 씨."

말을 이었다.

"역시…… 화나셨죠?"

"……어?"

"말없이 동거 이야기를 진행해서……. 아무리 비밀로 하는 게 조건이었다고 해도 이렇게 중요한 문제를 아야코 씨의 허락 없이 정했으니까요……. 정말 죄송합니다."

"아니…… 타, 탓군이 사과할 일이 아니야. 전부 오이노모리 씨 잘못이니까."

"하지만 저도 공범 같은 거니까요."

"신경 쓰지 않아도 돼. 나는 탓군에겐 화 안 났어."

어두운 얼굴의 그를 차마 볼 수 없어서 허둥지둥 부정했지만.

"……아니."

잠시 후 그렇게 말을 이었다.

"사실은…… 조금 화난 것 같아."

"네……?"

"그야 탓군은 처음부터 전부 알고 있었다는 거잖아? 9월이 되면 둘이 같이 산다는 걸. 장거리 연애가 아니라 동거가 시작된다는 걸."

"그, 그렇죠."

"그렇다면── 지난 일주일 동안 무슨 심정으로 나와 붙어 있었던 거야?!"

나는 소리쳤다.

소리치지 않을 수 없었다.

머릿속에서는 지난 일주일 동안의 각종 이벤트가 휘몰아쳤다.

"무, 무슨 심정이냐니······."

"나는 9월이 되면 탓군과 장거리가 된다고 생각해서······ 곧 떨어지게 된다고 생각해서······ 그래서, 그······ 리미터를 살짝 풀어버렸는데······!"

지금으로부터 일주일 전.

탓군에게 도쿄로 단신 부임하게 되었다고 알린 날.

──······도쿄에 갈 때까지 벌써 일주일 정도밖에 없지만······ 그때까지는 많이······ 최대한 많이, 탓군과 오붓하게 지내고 싶어.

마지막 순간, 나는 이런 소릴 하고 말았다.

지금 떠올리자니 혀를 콱 깨물고 싶어질 정도로 부끄러운 말을 하고 말았다······!

왜냐하면.

체면 차릴 때가 아니라고 생각했으니까.

쑥스러워해봤자 의미가 없다고 생각했으니까.

얼마 남지 않은 시간을 최대한 충실한 시간으로 만들고 싶었으니까.

그리고 정말 그 말대로 우리는 일주일간── 무척 오붓한 시간을 보냈다.

만날 수 없는 3개월을 미리 충전하듯이 밀도 높은 밀월을 보냈다.

솔직히…… 꽤 부끄러운 짓도 해 버렸다.

연상의 자존심 같은 것은 전부 버리고, 이때다 하고 마구 어리광을 부렸다.

지금밖에 없다는 마음으로.

장거리 연애 직전, 일종의 보너스 타임이라면 그런 낯뜨거운 커플 행위도 허락되리라 생각했다──그런데.

"그런데 탓군은 전부 알고 있었다니……. 아무것도 모른 채 혼자 취해있던 내가 바보 같잖아……!"

"아, 아야코 씨……."

"으으……. 탓군도 속으로는 나를 비웃었지?"

"그, 그럴 리가요!"

"거짓말."

"거짓말 아니에요."

초조한 듯 변명하는 탓군.

"비웃을 리 없잖아요. 아야코 씨기 지와의 시간을 소중히 여겨주었다는 게 무척 기뻤고…… 정말 죄송했습니다. 죄책감 때문에 동거에 대해 밝혀버릴 뻔한 적도 있어요. 하지만 오이노모리 씨와 약속했었고…… 게다가."

"게다가?"

"……전력으로 응석 부려주는 아야코 씨가 하도 귀여워서요."

"뭣!"

"평소에는 상상할 수 없을 만큼 제게 기대주셔서……. 아야코 씨, 사귀면 꽤 살갑게 달라붙는 타입이라고 감격했어요."

"~~~?!"

"자연스럽게 아앙 하고 먹여주기도 하셨죠. 그리고…… 안아달라거나 업어달라고 하셔서, 이유도 없이 아야코 씨를 업고 집안을 걸어 다니는 것도."

"……그, 그마아안~~~~!"

창피해!

진짜 콱 죽어버리고 싶을 만큼 창피해!

나는 대체 무슨 짓을 한 거지?!

석 달 동안 못 만나게 된답시고 너무 폭주했잖아!

"아, 아니야! 아니야…… 그러니까, 그건……."

"신선한 아야코 씨를 만끽할 수 있었던, 저에게는 최고의 일주일이었어요. 특히——어제의 그 알몸 에이프런은 평생의 추억이 될 정도의 퀄리티였는데요."

허둥지둥 당황한 나를 무시하고 탓군은 뭔가 황홀한 듯한 얼굴로 감상을 이어나갔다. 그 말에 나는 충격을 받았다.

그래. 생각났다.

러브러브 일주일의 마지막 날── 즉 어제.

탓군을 자택으로 불러서…… 알몸 에이프런 이벤트를 해버렸다!

마지막이었으니까!

마지막 날이었으니까!

만나지 못하는 동안 탓군이 바람 피우지 않도록, 마지막에 무언가 강렬한 이벤트를 해주고 싶다는 마음에── 떠올린 것이 알몸 에이프런이었다.

떠올라버린 이상 어쩔 수 없다.

뭐, 물론 차마 진짜로 알몸이었던 건 아니고. 속옷 위에 앞치마를 두른 상태라 앞에서 보면 알몸으로 보인답니다! 같은 '착시 알몸 에이프런'이었지만……. 그래도 굉장히 부끄러운 모습이었던 건 다를 게 없다.

이런 파렴치한 모습을 보여주면 내일부터는 무슨 얼굴로 탓군을 만나야 할지 알 수 없다. 하지만 내일부터는 만나고 싶어도 만날 수 없으니까 조금쯤은 절도에서 어긋나도 괜찮겠지. 그런 마인드가 나에게 과감한 한 발을 내딛게 했다.

그랬는데── 만났잖아!

어제 그래놓고 오늘 만나고 말았잖아!

"~~! 이, 잊어줘! 어제의 알몸 에이프런은 지금 당장 기억에서 삭제해!"

"무리예요……. 그렇게 멋진 기억은 잊고 싶어도 잊을 수 없는걸요."

"멋지긴 무슨! 망신이면 모를까! ……아. 맞아. 탓군——알몸 에이프런 사진 찍었었지?!"

중요한 것을 떠올리고 묻자 그는 잽싸게 시선을 피했다.

"부끄러우니까 절대 안 된다고 했는데…… 내일부터 못 만나게 되니까 마지막으로 추억을 남기게 해달라고 하면서 몇 장씩이나……."

"그, 그건……."

"울상이 되어서 애원하길래 특별히 찍게 해준 건데……."

"……그게."

"하지만 탓군은…… 오늘 만난다는 걸 알고 있었잖아?"

"…………죄송합니다."

빤히 응시하며 추궁하자 그가 체념한 듯 고개를 숙였다.

"아야코 씨의 알몸 에이프런을 어떻게든 기록으로 남겨두고 싶어서 그만……."

"역시나……! 진짜. 탓군, 너무해!"

다가가서 상대방의 가슴을 퍽퍽 때렸다.

"지워! 지금 당장 지워!"

"그런 잔인한 말씀을……! 저는 평생 보물로 삼을 생각이었는데요."

"그런 건 보물로 삼지 않아도 돼! 지금 당장 지워!"

"하, 하지만…… 본가 기기에 백업해놔서 지금 지워봤자 의미는……."

"백업해놨다고?!"

"저는 아야코 씨의 사진은 전부 백업해두거든요. 클라우드와 외장 하드를 써서 이중으로 저장해두고…… 또, 만에 하나 전자기기가 전부 망가졌을 때를 대비한 보험으로 인쇄한 앨범도 따로 있어요."

"뭐야 그 철저한 대책은?!"

내 사진이 역사적으로 중요한 문화유산이기라도 해?!

잠깐의 망신이 세대를 넘어서 전해 내려갈 것 같은 기세잖아!

그 후에도 계속 가슴을 때리면서 항의를 쏟아냈지만.

"……으으. 진짜……. 탓군은 바보야."

이윽고 나는 때리는 걸 멈추고 그의 가슴에 얼굴을 묻었다.

"나는…… 탓군과 떨어지는 게 정말로 쓸쓸했단 말이야."

"아야코 씨……."

"탓군도 같은 마음인 줄 알았는데…… 설마 자기만 동거에 대해 알고서 계속 싱글벙글하고 있었다니."

"죄, 죄송합니다……."

탓군은 사과하면서 살며시 내 등에 팔을 감았다.

그리고는 부드럽게 껴안아 주었다.

"쓸쓸하게 만든 만큼, 오늘부터는 계속 곁에 있을 테니까요."

"……응."

이래저래 생각하는 바가 없는 건 아니지만, 어느새 나는 작게 고개를 끄덕이며 팔을 감아 마주 끌어안고 말았다.

아아——.

나도 참 단순하다니까.

본래대로라면 나는 더 화를 내는 게 맞을지도 모른다. 터무니없는 서프라이즈를 저지른 두 사람에게—— 특히 오이노모리 씨에게 제대로 분노를 불사르며 한동안 원한을 품는 게 좋을지도 모른다.

하지만…… 분노의 불꽃은 점점 작아지더니—— 대신 다른 불꽃이 커졌다.

갑작스러운 동거생활.

아침에도 밤에도 그와 함께.

석 달 동안 계속 함께.

이미 분노를 느낄 틈새 같은 건 없을 정도로 흥분과 당황과 긴장으로 가슴이 가득 차서, 당장에라도 터질 것만 같았다.

형용하기 어려운 가슴의 팽창을 그래도 어떻게든 형용하자면…… 두근거림과 설렘을 합쳐서 반으로 나눈 것 같은, 그런 느낌.

앞으로 시작하는 두 사람의 생활에 자꾸만 가슴이 뛰었다.

제2장
알몸과 착시

♠

본래대로라면 여기서 바로 다음 이야기로 진행해야 할 것이다.

우리의 동거 첫날은 아직 끝나지 않았다.

저녁 장보기와 식사, 목욕 등 둘이서 수행할 이벤트는 많이 있다.

그리고 무엇보다── 이 다음에는 소위 첫날밤이 기다리고 있다.

신혼 첫날밤이 아닌 동거 첫날밤.

한 지붕 아래에서 생활하는 최초의 밤이 기다리고 있다.

이날 밤 우리 두 사람이 어떻게 되는지는 분명 다들 궁금해할 것이다.

하지만.

그런 가슴 설레는 '동거 첫날밤' 전에, 꼭 해둬야 하는 이야기가 있다.

시계열을 비틀어서라도 끼워 넣고 싶은 회상이 있다.

인과율을 무시해서라도 말하고 싶은 과거가 있다.

그건── 아야코 씨의 알몸 에이프런 사건.

앞 파트에서 살짝 언급했지만, 그것만으로는 한참 부족하다고 해야 할까. 정보가 너무 단편적이라고 할까.

이대로는 그녀가 그저 폭주해서 변태 같은 모습을 보여줬다는 인식이 박힐 우려가 있다.

아니다. 그런 게 아니다.

아야코 씨가 부끄러운 모습을 한 것에는 제대로 이유가 있다.

그녀다운 이유가 있다.

나로서는 어떻게든 그것만큼은 밝히고 싶다. 주석을 달고 싶다. 내가 오해받는 건 상관없지만, 아야코 씨가 오해받는 것만큼은 참을 수 없다.

그러니 부디 갑작스러운 과거 회상을 양해해주길.

만약 허락된다면── 예전에도 했던, 산타 비키니 회상 같은 느낌으로 잠깐만 어울려주시길.

이건 아직 아야코 씨가 동거에 대해 아무것도 몰랐을 때의 이야기.

러브러브 일주일의 마지막 날.

즉…… 어제 있었던 일이다.

일요일 오후.

"……하아."

카츠라기 가의 현관 앞에 선 나는 무심코 한숨을 쉬었다.

오늘은 지금부터 아야코 씨와 그녀의 집에서 만나기로 했다.

소위 '집 데이트'이다.

아야코 씨와 만날 수 있다, 데이트할 수 있다. 이런 상황에서 평소의 나였다면 하늘을 날다 못해 돌파해버릴 듯 행복한 기분이 되어 한숨 같은 건 절대로 나오지 않을 테지만…… 최근에는 조금 복잡한 사정으로 인해 고민하고 있다.

물론 아야코 씨를 만나는 건 기쁘다.

하물며 오늘은── 그녀가 도쿄에 가기 전날.

장거리 연애 전에 만날 수 있는 마지막 날.

그런 배경이 있다면 오늘의 '집 데이트'는 상당히 기합을 넣어야만 할지도 모른다. 만나지 못하는 기간을 보충하듯이 농밀한 시간을 보낼 수 있도록 최선을 다해야 할지도 모른다.

하지만── 그렇게까지 기운을 북돋울 수 없는 내가 있다.

신이 나려고 해도 양심의 가책이 멈추지 않는다.

왜냐하면…… 사실 우리는 장거리 연애를 안 할 거니까.

오히려 반대.

내일부터 우리는── 놀랍게도 동거를 시작한다.

거리가 멀어지기는커녕 오히려 아주 가까워진다.

아야코 씨는 아직 그 사실을 모르고, 나만 아는 상태.

아……. 죄책감이 어마어마하다.

지난 일주일 동안 계속 가슴이 아팠다.

물리적인 거리가 벌어진다고 믿고 쓸쓸해 하는 아야코 씨를 보기 괴로웠다. 솔직히 전부 밝혀버릴까 고민한 순간도 여러 번 있었다.

하지만…… 오이노모리 씨와 한 약속을 깨트릴 수는 없다.

그렇게까지 친밀하게 교류한 건 아니지만, 그래도 대충은 파악했다.

본능으로 알아차릴 수 있었다.

그 사람과 한 약속은…… 어긴다면 무시무시한 일이 일어날 것 같다.

뭐, 이러니저러니 해도 그 사람도 아야코 씨에 대해 진지하게 생각하는 것 같고, 무엇보다 내 인턴까지 편의를 봐주었다.

불성실하게 대응할 수는 없겠지.

"……좋아."

기합을 넣고 각오를 다졌다.

죄책감을 누르고, 표정과 감정을 만들어냈다. 오늘까지는 '여자친구가 도쿄에 가서 멀리 떨어지게 되기 직전인 남자친구'라는 배역을 연기해야만 한다. 힘내자.

결의와 함께 인터폰을 누르자.

"네, 네?"

문 너머에서 아야코 씨의 목소리가 들렸다.

"탓군? 탓군이지?"

"네."

"……다행이다. 그럼 들어와. 문은 열어놨으니까."

어딘가 조급한 듯한 음색으로 그렇게 말했다.

흐음. 여느 때라면 아야코 씨가 현관문을 열어주는데. 무슨 일이지?

그런 의문을 느끼며 문을 열고 신발을 벗었다.

그리고 거실로 들어간 순간——수수께끼는 전부 풀렸다. 그렇구나. 이래서는 현관문을 열어 마중할 수 없겠지.

아야코 씨는—— 알몸 에이프런이었다.

알몸에, 에이프런.

그것 말고는 형용할 수 없다.

다른 옷은 일절 걸치지 않고, 알몸 위에 하얀 앞치마를 입고 있을 뿐. 어깨, 가슴골, 허벅지……. 피부가 상당히 노출되어서 지극히 선정적인 모습이었다.

충격적인 광경을 목격한 나는 몇 초간 침묵했다.

넋이 나가버렸다고 표현해도 좋다. 아야코 씨의 알몸 에이프런은 그 정도로 굉장하고, 폭력적인 매력을 지녔다.

"……어. 뭐, 뭐 하시는 거예요? 아야코 씨……?"

"뭐 하냐니…… 아, 알몸 에이프런인데."

가까스로 의문을 쥐어 짜내자 아야코 씨는 몹시 부끄러운 듯 대답했다.

수치심에 얼굴을 새빨갛게 물들이며 당장에라도 도망쳐버릴

것처럼 궁지에 몰린 모습이었지만── 도망치진 않았다.

제대로 그 자리에 서서 지금의 모습을 나에게 보여주었다.

알몸 에이프런이라는, 남자의 욕망을 그대로 체현한 듯한 모습을.

"잘은 모르겠지만…… 남자는 이런 거 좋아하잖아? 이런 게 남자의 로망이지?"

"그, 그건, 네……."

맞지만!

로망 중의 로망이지만!

아야코 씨의 알몸 에이프런은…… 지난 10년 동안 몇 번을 망상했는지 알 수 없다.

솔직히 말해서, 여름에 짧은 옷을 입은 아야코 씨가 앞치마를 두른 모습이 가끔 알몸 에이프런처럼 보여서 혼자 쿵쿵 뛰는 가슴을 붙잡은 적이 여러 번 있었다.

"아, 안심해! 알몸 에이프런이라고 해도…… '착시'니까! 속옷은 제대로 입었으니까!"

안달복달하며 소리친 뒤 에이프런의 어깨 부분을 살짝 내리는 아야코 씨.

내려간 어깨에서 브래지어의 끈이 살짝 보였다.

정말로 알몸인 건 아니고, 속옷은 착용한 모양이다.

안심이 되는 것 같기도 하고 실망한 것 같기도 하고.

그건 그거대로…… 오히려 더 야한 느낌도 들고.

"아, 아무리 그래도 이런 대낮부터 난데없이 진짜 알몸 에이프런을 저지를 만큼 변태는 아니니까, 나도……."

작게 더듬거리면서 변명하지만, 대낮에 난데없이 '착시 알몸 에이프런'을 저지르는 것도 상당히 적극적인 행위가 아닐까.

말하지 않을 거지만.

"그러니까, 그…… 어디까지나 '착시'니까 너무 다양한 각도로 보지는 마. 정면 앵글에서 보는 풍경만 즐겨주셨으면 한달까……."

"…………."

"아앗, 취소. 취소……. 역시 정면에서도 너무 쳐다보지 말고……. 부끄러워서 죽을 것 같으니까……."

부끄러운 듯 몸을 비트는 아야코 씨. 그 탓에 허벅지나 옆구리 등 상당히 아슬아슬한 부분이 앞치마 밖으로 나오는 바람에 나도 안절부절못하는 기분이 들었다.

"으윽……. 탓군, 실망하진 않았지? 실망한 건 아니지? '이 아줌마가 뭐 하는 거야?'라고 생각하는 거 아니지?"

"마, 말도 안 돼요!"

자기비하 모드에 들어가는 아야코 씨를 허둥지둥 끌어냈다.

"하지만 왜 갑자기 그런 차림을……."

"그, 그야…… 오늘이 마지막이니까."

아야코 씨는 당장에라도 울어버릴 것 같은 얼굴로 말했다.

"마지막으로 무언가, 추억에 남을 수 있는 걸 하고 싶어서……. 여기에 남는 탓군이 나를 잊지 않도록── 떨어진다고 해도 선명하게 기억할 수 있도록 강렬한 임팩트를 남겨주고 싶었어. 그랬더니…… 아, 알몸 에이프런 정도의 이벤트를 해야 하지 않나, 하고."

"아야코 씨……."

알몸 에이프런은 아야코 씨 나름대로 나를 배려한 행동이었던 모양이다.

장거리 연애를 앞둔 마지막 날이기 때문에 살짝 폭주했다.

전부 나를 위해.

그 마음은 무척 기쁘다.

하지만 동시에── 가슴이 맹렬하게 아팠다.

아……. 죄책감이 장난 아니다.

왜냐하면.

왜냐하면── 사실은 장거리가 아니니까. 우리는.

"으으…… 쓸쓸해. 도쿄에 가기 싫어어……."

정말 서러워하는 목소리로 아야코 씨가 말했다.

"내일부터는 이제 이런 식으로 쉽게 만날 수 없다고."

만나요.

만날 수 있어요.

내일부터 석 달 동안 매일 얼굴을 볼 거예요.

"무, 물론 최대한 자주 돌아올 생각이긴 한데…… 그래도 일

"……그."

맹렬한 아쉬움을 느낀 나는 그만 입을 열어 부탁하고 말았다.

"갈아입기 전에 사진을 찍어도 될까요?"

"사진?! 아, 알몸 에이프런 사진 말이야?"

"네."

"아, 안 돼!"

완강하게 거부하는 아야코 씨.

"그걸 어떻게 좀."

"못 해! 절대 안 돼!"

"……메이드복 때는 허락해주셨잖아요."

"그, 그 메이드복과는 또 다르잖아? 그건 제대로 코스프레를 위해 만든 의상이잖아. 만에 하나 누가 본다고 해도 아슬아슬하게 취미라고 밀어붙일 수 있지만…… 아, 알몸 에이프런은…… 남자친구가 생겨서 머리가 꽃밭이 된 여자나 하는 모습인걸……. 그, 지금의 나처럼……."

스스로 말해놓고 스스로 타격을 받는 아야코 씨였다.

"도저히 안 되나요?"

"……아, 안 돼. 그런 눈으로 봐도 안 돼…… 응. 아, 안 된다고. 아무리 부탁해도 안 되는 건 안 되니까……."

점점 거절이 약해지는 모습에 나는 뭐라 말할 수 없는 흥분에 사로잡혔다.

아~~! 진짜, 대체 뭐지!

이…… 밀어붙이면 넘어갈 것 같은 느낌!

억지를 부리는 나도 나쁘지만, 아야코 씨에게도 책임은 있지 않을까?

이런 식으로 거절하면── 더 밀어붙이고 싶어지잖아!

계속 밀어붙이다 보면 넘어갈 것 같으니까!

"……부탁드립니다."

알몸 에이프런을 향한 집착과…… 완전히 유혹하는 것으로밖에 보이지 않는 순한 거절.

그러한 요소가 뒤섞이며 내 안의 악마를 불러냈다.

"내일부터 아야코 씨를 만나지 못하게 되니까, 마지막으로 추억을 남기고 싶어요. 장거리 연애를 견디기 위한 추억이."

"탓군……. 그건, 그……."

부끄러워하면서 난감한 얼굴이 되는 아야코 씨.

죄책감이 가슴을 쿡쿡 공격하지만, 그래도 악마의 유혹에는 이기지 못했다.

눈앞의 감미로운 광경을 기록으로 남긴다는 유혹에는!

"그, 래. 내일부터는 못 만나게 되니까……. 그렇다면…… 아, 하지만, 으으…… 윽~~!"

아야코 씨는 맹렬하게 고뇌하면서 살그머니 눈을 굴려 이쪽을 올려다보았다.

"저, 정말로 이런 게 마지막 추억이어도 괜찮아?"

"네."

"나의 이런 모습을…… 사진으로 남겨서 계속 보고 싶어?"

"네!"

"……어휴. 탓군도 참."

그렇게 아야코 씨는 말했다.

수치심에 얼굴을 붉히면서도, 썩 싫지만은 않은 표정으로.

"――조금만이야."

그 후――.

나는 그녀의 부끄러운 사진을 찍기 시작했다.

속으로는 수도 없이 사과하면서…… '조금'이라는 수식어를 붙일 수 없을 만큼 마구마구 찍었다.

――회상 종료.

러브러브 일주일 마지막 날의 에피소드는 이것으로 일단락.

……뭘까. 아야코 씨가 알몸 에이프런이 된 절절한 사연을 이야기할 생각이었는데 그리 대단한 사연은 아니었던 것 같은 느낌이 든다.

아니, 그보다 내가 좀 비열했던 것 같다. 자신의 욕망에 패배해서 거짓말을 하고, 그녀의 선의를 이용했으니…….

아야코 씨는 살짝 폭주한 상태였고, 나는 유혹에 패배했고……. 말해봤자 아무도 행복해질 수 없는 과거 회상이었던 건지도 모른다.

뭐, 이미 말해버린 건 어쩔 수 없지.

메인 스토리와는 관련이 없는 회상은 이것으로 종료.

관람해주셔서 감사합니다.

그럼 이어서 본편―― 동거 첫날밤을 즐겨주세요.

제3장
동거와 초야

♥

아직 머리는 상황을 제대로 소화하지 못했지만, 그래도 계속 난처해할 수는 없었다.

오늘부터—— 지금 이 순간부터 우리의 동거는 시작했으니까.

둘이서 생활해야만 한다.

둘이서 의식주를 함께 해야만 한다.

혼란이 다 수습되지 않은 채, 우선 우리는 짐을 정리하기로 했다.

옷을 옷장에 넣고, 가져온 식기를 선반에 넣고.

나는 영락없이 혼자 사는 줄 알았기 때문에 생활용품도 1인분만 가져와서, 추가로 사야 하는 것도 많아 보였다.

이런저런 작업을 하고 있었더니 순식간에 저녁이 되었다.

'의'와 '주'의 준비를 중단하고 '식'을 준비해야 한다.

집에 냉장고는 있었지만 당연히 안은 텅 비었다.

나와 탓군은 같이 장을 보러 나왔다.

"——오호. 탓군이 인턴으로 가는 곳이 '리리스타트'구나."

잡담을 나누며 낯선 길을 둘이 함께 걸어갔다.

목적지는 집에서 제일 가까운 슈퍼마켓.

지도 앱으로 검색했을 때 제일 먼저 나온 곳으로, 걸어서 10분 정도인 듯했다. 물론 처음 가는 곳이지만 그렇게까지 복잡한 길이 아니니 대화하면서 가도 헤매진 않을 것이다.

"아야코 씨도 아는 곳이에요?"

"응. 우리와도 꽤 협업하거든."

주식회사 '리리스타트'.

주로 Web 서비스나 애플리케이션 사업에 손을 대는, 신생 벤처 기업. 최근에는 만화 애플리케이션도 런칭해서 '라이트십'과도 관계가 깊다.

그러고 보면 오이노모리 씨의 지인이 세운 회사라고 들었지.

"탓군, 그쪽 업계로 진로를 잡았구나."

"그렇게까지 구체적으로 정한 건 아니지만, 막연히 Web 관련 일을 하고 싶어서요."

"하지만 몇 달이나 학교를 쉬어도 괜찮아?"

"문제없어요. 인턴도 학점으로 인정되고, 3학년 1학기까지로 졸업 학점은 대부분 채웠거든요. 중간에 몇 번 정도 시험만 치러 돌아가야 할 필요는 있지만요."

아, 맞아.

대학에 따라서는 인턴이 학점으로 인정되기도 하지.

애초에 탓군은…… 1학년 때부터 정말 성실하게 다니면서 착실하게 학점을 이수했던 모양이니, 인턴으로 다소 강의를 쉰다고 해도 문제는 없을 것이다.

"역시 탓군이야."

"에이, 이 정도는 평범한 거라니까요."

적당히 잡담을 나누며 슈퍼에 도착했다.

탓군이 카트를 꺼냈고, 나는 거기에 바구니를 설치.

평소 다니던 슈퍼라면 오랫동안 길러온 주부 스킬을 발휘하여 지극히 효율 좋은 동선으로 장을 볼 수 있지만…… 처음 온 장소에서는 동선이고 뭐고 존재할 수 없다.

둘이서 가게 안을 천천히 둘러보았다.

"내일부터 먹을 아침밥도 사야겠지. 탓군, 뭐 원하는 거 있어? 빵이 좋다거나, 밥이 좋다거나."

"다 좋아요."

"……그렇구나. 으음."

"아, 죄송합니다. 다 좋다고 하면 고르기 어렵죠. 으음, 그럼…… 굳이 따지자면 빵이요."

"오케이. 나도 아침은 빵이 좋으니까 그렇게 하자. 그러면 빵에 발라먹을 것도 사야겠네. 토스터는 방에 있었고, 프라이팬은 쓰던 걸 가져왔고……."

"세제는요?"

"아앗, 없다. 나중에 사는 게 좋겠어."

이런저런 대화를 하며 조금씩 카트를 채워나갔다.

왠지 신기한 기분이었다.

내일부터 먹을 식사를 탓군과 둘이 상의하면서 산다니.

같이 쇼핑한 경험은 여러 번 있었지만, 여태까지와는 완전히 달랐다.

둘이서 생활하기 위한 필수품을 둘이서 사러 다닌다.

이래서는 마치──.

"……왠지, 신혼부부 같네요."

어딘가 쑥스러운 듯한 얼굴로 하는 말에 가슴이 크게 뛰었다. 속내를 간파당한 것 같았기 때문이다.

"아, 아이참. 무슨 소리야, 탓군."

"죄송합니다. 문득 그런 생각이 들어서요."

"너무 성급하잖아. 이제 막 사귀기 시작했는데…… 아. 아니, 아, 아니야! 성급하다고 해도…… 장래에 결혼하기로 정해진 건 아니고……. 하지만…… 시, 싫은 것도 아니지만, 그러니까, 그게."

"괘, 괜찮습니다! 무슨 말씀을 하고 싶은진 이해했어요."

우리는 둘 다 얼굴이 새빨개졌다.

헛기침을 한 번 하면서 가슴을 진정시킨 뒤.

"……신혼 같은지 아닌지는 제쳐놓고, 이런 식으로 가볍게 같이 나올 수 있다는 건 좋네."

나는 말했다.

"동네에선 둘이서 근처 슈퍼에 오지는 못했을 테니까."

"주민들도 이래저래 신경 쓸 테니까요."

탓군도 살짝 쓴웃음을 지으며 고개를 끄덕였다.

우리의 연애는 그렇게까지 공개적인 관계가 아니다. 철저히

숨기는 것도 아니긴 하나, 역시 이웃의 시선이라는 걸 의식하게
된다.

물론 탓군은 이미 성인이 되었으니 법적으로 문제가 있는 연
애는 아니다.

하지만 그렇다고 해서…… 너무 공공연하게 드러낼 수도 없을
것이다.

나 같은 30대의 싱글맘이 20살의 대학생과 연애한다니, 결코
흔한 일은 아닐 테니까.

아무래도 호기심의 시선을 받게 될 테지.

당연히── 계속 숨겨둘 수 있는 일이 아니라는 건 안다.

그래도 우선 지금은, 눈에 띄는 건 피하자는 결론을 내렸다.

도쿄에 오기 전에 보낸 일주일 동안도 밖에서는 그리 붙어있
지 않았다.

딱 한 번, 러브카이저 여름 극장판을 보는 데이트를 간 적이
있지만…… 거기는 어디까지나 동네 영화관. 누가 볼지 알 수
없으니까, 조금 거리감이 느껴지는 데이트가 되고 말았다.

……뭐, 애초에.

서른을 넘긴 나이에 공공장소에서 애인과 시시덕거린다는 건
그 자체만으로도 보기 불편할 테고 말이야.

"아. 저기, 탓군. 달걀. 오늘 세일인가 봐! 한 명당 한 판까지
래. 운이 좋은데."

"……네."

룰루랄라 날샵 코너로 향하려고 한 그때였다.

갑자기—— 꽉.

손을 붙잡혔다.

카트를 밀지 않은 쪽의 손이다. 탓군이 그 손을 붙잡았다.

"어?"

놀라서 돌아보자 그는 시선을 피하고는 시치미를 떼고 있었다.

하지만 그 손은 내 손을 단단히 잡고 놓으려 하지 않았다.

"잠깐…… 탓군. 안 돼. 이런 곳에서."

"……놓치면 곤란하잖아요."

"아니, 놓칠 리가…… 그렇게 혼잡하지도 않고……."

"뭐 어때요. 어차피 아는 사람도 없는데."

'여행의 해방감' 같은 소릴 했다.

확실히 아는 사람은 없을 테지만, 그래도.

"……하지만 여기는 슈퍼인데?"

슈퍼마켓.

어딘가 데이트하러 멀리 놀러 나왔을 때라면 모를까, 이런 일상 속 한 장면이라는 느낌이 강한 장소에서까지 손을 잡다니!

"슈퍼에서 쇼핑할 때까지 손을 잡고 있으면…… 마치 막 동거를 시작해서 잔뜩 들뜬 커플 같다고!"

"비유가 아니라 사실이잖아요."

냉정하게 지적하는 탓군.

그, 그랬지!

우리는 막 동거를 시작한 커플이었지!

딱 잔뜩 들떠있을 때지!

"아야코 씨가 정 싫으시다면 그만둘게요."

"그, 그렇게까지 싫은 건 아니지만……."

"그럼 이대로."

조금 득의양양하게 웃은 탓군이 내 손을 끌며 걸어갔다.

왠지 탓군에게 휘말려버린 것 같은 느낌이 들어 조금 뾰로통
해졌다. 치사해. 정말 치사하다. '싫으면 그만둔다'고 물어보는
게 치사하다.

왜냐하면.

전혀 싫지 않으니까──.

"……탓군, 의외로 테크닉이 좋네."

"네? 무슨 의미예요?"

"몰라."

우리는 그렇게 먹을 것과 생활 잡화를 사 나갔다.

때때로 손을 놓기도 했지만, 틈만 나면 다시 잡으면서.

쇼핑을 마치고 집에 돌아오는 길에도 계속 손을 잡았다.

……정말, 너무 들떠버려서 부끄럽다.

모처럼 동거 첫날이니 기합을 넣은 저녁을 차릴까 생각도 했으나…… 식재료 외에 생활필수품도 이것저것 샀더니 시간이 훅 가버렸다.

　따라서 저녁은 슈퍼에서 산 반찬으로 간단하게 먹었다.

　그 후 탓군이 목욕하러 간 타이밍에 맞춰 나는 미우에게 전화를 걸었다.

　미우의 상황을 확인하고 싶었고, 게다가 보고해야만 하는 일도 있으니까.

　『——뭐?! 엄마, 오늘부터 타쿠 오빠랑 같이 산다고?!』

　현 상황을 설명하자 놀란 목소리가 돌아왔다.

　어쩌면 미우도 오이노모리 씨와 짜고 전부 알면서 비밀로 했던 건지도 모른다고 의심했는데, 아무래도 미우는 아무것도 몰랐던 모양이다.

　『……오, 오……. 뭐야 그거. 재밌겠다. 역시 오이노모리 씨. 스케일이 다르구나.』

　놀란 목소리는 점점 감탄하는 목소리로 바뀌었다.

　『타쿠 오빠도 타쿠 오빠대로 제법인데. 나도 두 사람을 조금 걱정했거든? 간신히 사귀기 시작한 두 사람이 난데없이 장거리 연애를 하게 되었으니까. 여러모로 힘들 테니 여기선 딸인 내가 열심히 두 사람을 이어줘야겠다, 좋은 다리가 되어줘야겠다 하면서 방도를 고민하기도 했는데…… 아하하. 아무래도 괜한 참견이었나 보네.』

미우는 참으로 즐겁다는 듯 말했다.

『좋겠다. 남자친구와 동거라니, 되게 즐겁겠다.』

"……태평한 소리 하지 마."

『왜? 안 좋아?』

"조, 좋지 않은 건 아니지만…… 너무 갑작스러워서 마음의 준비가 안 됐다고 할까."

『여전히 성가신 어른이구나, 엄마는. 신혼생활을 미리 체험한다고 생각하고 순수하게 기뻐하지 그래.』

"시, 신혼이라니……!"

정말이지!

탓군도 미우도 바로 그쪽으로 돌진한다니까!

"성급하잖아. 우리는 이제 막 사귀기 시작한 건데."

『……아니, 이게 대학생 커플의 동거라면 성급하다는 것도 맞는데. 엄마…… 자기가 몇 살인지 알지?』

"윽."

『3n살이잖아?』

"윽, 크윽."

『다음 달에 생일이 지나면 마침내 3n살이 되는데?』

"……크, 허억…….
"

『성급하기는커녕, 내일에라도 결혼을 고려할 나이 아니야?』

"……좀! 됐어! 나는 됐어!"

지극히 현실적인 소릴 하는 딸에게 아무튼 막무가내로 화제를 종결해버린다는, 꼴사나운 대처를 해버리는 나였다.

"그쪽은 괜찮아?"

바로 정신을 다잡고 그렇게 물었다.

"학교는 제대로 다녀왔어? 밥은 이미 먹었고?"

『학교도 갔고, 저녁도 든든하게 먹었어. 걱정이 지나쳐.』

"어쩔 수 없잖아. 걱정되니까."

『할머니도 있으니까 괜찮아.』

기가 막힌다는 듯 말하는 미우.

내가 이쪽에 와 있는 동안, 미우의 할머니── 즉 내 어머니에게 미우를 봐 달라고 부탁했다.

지금은 집에 미우와 할머니 두 사람이 있는 상태.

"……참고로 할머니는 옆에 없지?"

『괜찮아. 지금은 내 방이야. 할머니는 아래층에서 한류 드라마 보고 있어.』

"그래. 다행이다."

안도하며 가슴을 쓸어내렸다.

"일단 말해두는데…… 탓군과 동거한다는 건 할머니에겐 비밀이야. 알겠지?"

『말 안 해. 그 정도는 알아.』

"그럼 다행이고."

『하지만 언제까지 비밀로 할 거야? 어차피 언젠가는 밝혀야 하니까, 늦냐 빠르냐의 차이일 뿐 아니야?』

"아, 알아. 언젠가 타이밍을 봐서 말할 거야."

나중으로 미뤄놓았을 뿐이라는 건 알지만…… 아무리 그래도 지금은 무리다.

상대방이 대학생이라는 것만으로도 난리가 날 텐데, 어쩌다 보니 그 상대와 동거하게 되었다니.

비밀로 하자.

분명 더 괜찮은 타이밍이 있을 거다.

『그러고 보면 타쿠 오빠의 부모님에게는 사귄다는 거 보고했었지?』

"……일단은."

3일 전의 일이다.

그와 사귀게 되었다는 걸 토모미 씨에게 보고했다.

전부터 토모미 씨에게는 이래저래 상담하기도 했으니까, 보고하지 않을 수도 없었다.

나로서는 탓군의 아버지에게도 제대로 보고하고 싶었지만.

『어머나, 괜찮아. 그렇게 격식 차리지 않아도 돼. 아직 상견례 하는 것도 아니고.』

이런 가벼운 대답이 돌아왔다.

그러니까 아직 정식으로 인사한 건 아니다.

하지만…… 아버지의 귀에도 들어갔을 것이다.

아마 반대는 하지 않았겠지.

탓군의 집은 나와 연애하는 걸 인정하고 있다고 하니까.

일단 나는…… 가족 공인 여자친구가 되어있는 모양이다.

『그렇구나. 타쿠 오빠의 가족은 원래 엄마를 인정했었으니까. 그럼 이번 동거는…….』

"……탓군이 사전에 제대로 설명해서 허가받았다고 해."

『아하하……. 역시 타쿠 오빠야.』

감탄을 넘어서 살짝 질린 반응을 보이는 미우였다.

이번 동거에 관해서, 탓군은 부모님에게 자세히 사정을 설명하고 이미 허가도 받았다고 했다.

사귀자마자 바로 동거라니, 부모에 따라서는 반대하는 사람도 많을 테지만…… 아테라자와 가에게는 '아들이 도쿄에서 혼자 살 바에야 아야코 씨가 같이 있는 게 더 안심'이라는 모양이었다.

나에 대한 신뢰가 굉장하잖아!

하지만…… 일단 전화 정도는 해야겠지.

사후 승낙 같은 형태가 되어버렸지만…… 어른으로서, 사회인으로서 상대방의 부모에게 동거 인사 정도는 하고 싶다.

『그래서 타쿠 오빠는 뭐 해?』

"탓군이라면 지금 목욕하는 중이야."

『오, 목욕이라.』

미우는 잠깐 말을 끊더니.

『뭔가…… 적나라하네.』

조금 쑥스러워하는 듯한 목소리로 마저 말했다.

"뭐, 뭐야. 적나라하다니."

『아니, 뭐라고 해야 하나…… 정말로 같이 살고 있구나……
하고.』

"……윽."

『앞으로 두 사람은 석 달이나 같이 사는 거잖아. 이제 막 사귀
기 시작한 커플이 한 지붕 아래에서, 시종 같이, 하루 이틀도 아
닌 석 달이나…….』

"그, 그게 뭐 어쨌다고……?"

『엄마.』

미우가 말했다.

지극히 진지한 목소리로.

『애 이름은 내가 정해도 돼?』

"너무 비약한 거 아니야?!"

갑자기 작명?!

중요한 절차가 홀랑 빠져있지 않니!

『아니, 하지만……. 그럴 수도 있잖아?』

성대하게 당황하는 나와는 대조적으로 미우는 냉정했다.

뭐라고 해야 하나, 대범한 느낌.

다양한 각오를 마친 느낌.

『타이밍이 좋다면…… 마침 석 달이 지나 돌아올 무렵에 임신 발각! 같은 일이 일어날 수도 있으니까.』

"무슨 타이밍인데?! 정말이지…… 그럴 리가 없잖아. 우리는 놀러 온 게 아니라고."

『말은 그렇게 해도, 이런 건 하늘이 점 지어준다고 하는걸. 뭐가 어떻게 될지는 아무도 모르는 일이잖아? 젊은 두 사람이 같이 살면서…… 아. 미안. 젊은 두 사람은 아닌가.』

"거기서 갑자기 사과하지 마! 갑자기 배려하는 게 괴로우니까!"

전력으로 지적하는 나였다.

"아, 아무튼……. 미우는 쓸데없는 거에 신경 쓰지 않아도 돼. 아이라니…… 우리는 아직 그런 이야기가 오갈 때가 아니라고."

『아하. 지금은 둘이서 밀월을 즐기고 싶다?』

"그런 소린 한 적 없습니다!"

아아, 진짜. 잘 자!

그렇게.

억지로 통화를 끊었다.

미우를 걱정해서 전화한 거였는데, 어느새 거의 내 이야기를 하다가 끝나버렸다.

미우도 참.

아이라니…… 아직 너무 이르잖아.

따, 딱히 갖고 싶지 않다는 건 아니지만…… 탓군과의 아이라면 분명 사랑스러울 테니까. 내 나이를 고려하면 빨리 낳는 게 낫겠지. 30대에 초산은 이래저래 힘들다고 하니── 아니, 아니야.

그러니까 아직 성급하다고!

결혼 이야기조차 나오지 않았는데 아이라니.

애초에.

우리는 아이가 생기는 행위조차 아직 한 번도──.

"──아야코 씨."

"흐억!"

끙끙 앓던 도중에 날아온 목소리에 흠칫 튀어 오르고 말았다.

"왜, 왜 그러세요……?"

"탓군……. 아, 아무것도 아니야. 아무것도 아니니까!"

변명하면서 돌아본 나는── 숨을 삼켰다.

그의 모습을 본 순간 심박수가 단숨에 올라갔다.

"죄송합니다. 먼저 욕조를 써 버려서요."

"아, 아니, 괜찮아. 내가 전화할 일이 있으니 먼저 들어가라고 했고……."

얼굴을 제대로 쳐다볼 수 없다.

목욕하고 나온 탓군은── 당연하지만, 목욕했다는 티가 확나는 모습이었다.

머리카락은 아직 조금 젖었고, 뺨은 살짝 상기되어 발그레했다.

복장은 편안한 파자마.

딱히 알몸으로 나온 것도 아닌데…… 어째서인지 굉장히 의식하게 된다.

그의 존재를, 그의 육체를──.

"……!"

아아, 정말!

미우가 이상한 이야기를 해서 그래!

임신이니 아이니…… 이상한 이야기만 하니까……. 그러니까 머릿속에서 그런 스위치가 눌려서 그런 눈으로 보게 되는……, 으윽~~!

"그, 그럼 나도 목욕하고 나올게!"

부리나케 갈아입을 옷과 목욕수건을 챙긴 뒤 도망치듯 거실에서 뛰쳐나온 나는 욕실로 향했다.

하지만.

욕실로 도망쳐봤자── 그 후에는 도망칠 곳이 없다.

오늘 탓군에게서 이야기를 듣고 머리 한구석에서는 계속 생각하고 있었다.

동거.

같이 산다는 것.

한 지붕 아래에서── 연인이 침식을 함께한다.

그러니 오늘 밤, 나는 탓군과 같은 방에서 잔다.

그 의미를 알지 못할 정도로 나는 어린아이가 아니다.

오히려 어린아이가 한둘쯤 있어도 이상하지 않은 나이니까.

도쿄에 오기 전, 러브러브한 일주일.

만나지 못하는 기간을 먼저 충전해둘 생각으로 상당히 진한 시간을 보내고 말았던 우리지만── 그래도 마지막 선 만큼은 넘지 않았다.

딱히 무언가 이유가 있었던 건 아니다.

어쩌다 보니 그런 분위기가 되지 않았다.

그야…… 러브러브한 시간이라고 해도 대부분이 낮이다. 탓군이 우리 집에 와서 둘이 같이 시간을 보낼 뿐.

대낮부터 그런 짓을 하는 것도…… 좀?

한 번 데이트하러 나가긴 했지만 러브카이저의 여름 극장판을 보고 돌아왔을 뿐. 오전에 출발해서 저녁을 먹기 전에 귀가한다는, 마치 중학생 같은 데이트였다.

그러니까.

우리는 아직 순수한 관계——.

"기, 기다렸지……."

목욕하고 나와 머리카락을 말리면서 거실로 돌아왔다.

소파에 앉아있던 탓군은 나를 보자 조금 얼굴을 붉혔다.

"왜 그래?"

"아뇨, 그……. 파자마 모습이 참 좋다 싶어서."

"……!"

변함없이 쑥스러워하는 주제에 의외로 직설적으로 칭찬하는 탓군이었다.

"노, 놀리지 마. 정말이지."

"놀리는 거 아니에요. 정말로 예쁘고 귀여우니까요."

"~~~!"

칭찬의 홍수에 아무런 대꾸도 할 수 없게 되었다.

아…… 정말…….

내 파자마 모습이 진짜 예쁜가?

이건 집에서 계속 입었던, 꽤 오래된 잠옷인데. 만약 탓군과 동거한다는 걸 알았다면 새로 예쁜 파자마를 샀을 텐데!

파자마만이 아니다.

사전에 알고 있었다면…… 속옷도 제대로 된 걸 마련할 수 있었다.

아~ 어쩌지……. 완전히 혼자 산다고 생각해서 평소에 입는 심심한 속옷밖에 안 가져왔다.

집에는 있는데! 여차할 때를 대비한 예쁜 속옷이! 탓군과 연애를 의식하기 시작했을 때 몰래 사둔 게 있는데……!

"그…… 어떻게 할까요? TV라도 보실래요?"

내가 혼자 번뇌하고 있었더니 탓군이 난처한 듯 입을 열었다.

"그, 그래. TV 보자."

고개를 끄덕인 뒤 소파에 앉았다.

사람이 한 명 앉을 수 있을 만한 거리를 벌리고.

러브러브 주간일 때는 나름대로 스킨십을 많이 했지만…… 오늘은 무리다. 이 이상은 다가갈 수 없다.

왜냐하면…… 둘 다 파자마니까.

이제 자는 것만 남은 복장.

이런 상태로 의식하지 말라는 게 불가능한 요구지……!

TV 화면에는 10시 시간대에 하는 드라마가 나오고 있었지만, 내용은 전혀 머리에 들어오지 않았다. 머릿속은…… 이런저런 망상으로 꽉 찼다.

괘, 괜찮아. 괜찮아.

여차하면 흐름에 맡겨서 어떻게든 되겠지……!

욕실에서 일단 준비는 해두었다.

속옷은…… 조명의 밝기를 어둡게 낮추면 안 보일 거다. 그것은…… 나는 안 가져왔지만, 성실한 탓군이 준비해두었겠지.

응, 그래.

그렇게 어렵게 생각할 일은 아니야.

이상한 일도 아니고, 나쁜 일도 아니다.

누구나 하는 일이다.

나도 그렇게 태어났으니까.

애초에…… 고등학생이라면 모를까 30대의 성인 여자가 이렇게까지 완벽하게 세팅된 상황에서 거부해도 될 리가 없고——.

"——코 씨. 아야코 씨."

"……허? 어? 뭐, 뭔데……?!"

퍼뜩 고개를 들자 탓군이 걱정하는 얼굴로 나를 바라보고 있었다.

"드라마 끝났는데요."

"어…… 아, 진짜다."

"괜찮으세요? 뭔가 멍한 것 같았는데요."

"괘, 괜찮아. 괜찮아! 아하하. 조금 피곤했나. 오늘 하루 이래저래 정신없었으니까."

"음, 그렇죠."

탓군은 쓴웃음을 지으며 말하더니 소파에서 일어났다.

"그럼 조금 이르지만 슬슬 자기로 할까요."

그 순간—— 두근.

심장이 크게 뛰었다.

"그, 그래. 자자."

"아야코 씨, 내일부터는 출근하시니까요. 너무 늦어지지 않는 게 좋을 테고요."

너무 늦어지지 않는 게……?!

즉 일찍 시작하고 일찍 끝내서 제대로 수면 시간을 확보하자는 뜻?!

어, 엄청 계획적이잖아. 탓군!

"아야코 씨가 목욕하는 동안 침대는 준비해두었으니까요."

이미 침대 준비 완료……?!

역시 계획적이야!

탓군…… 아주 적극적이잖아!

흥분과 긴장으로 머리가 펑 터져버릴 것 같은 나를 뒤로 탓군은 태연하게 침실의 문을 열었다.

방 안에 있는 건, 싱글 베드.

그리고── 이부자리.

침대 바로 옆에 이부자리가 하나 깔려 있었다.

침실은 조금 전에 짐 정리를 할 때 확인했으니까 침대가 있다는 건 알고 있었다.

하지만…… 왜 그 옆에 이부자리가 깔려있는 거지?

영락없이 한 침대에서 자는 줄…….

응?

어…… 그건가?

탓군은 끝난 뒤에 따로 자고 싶은 타입?

"……아야코 씨."

문 앞에서 굳어버린 나에게 탓군이 말했다.

"경계──하고 계시죠?"

"겨, 경계?"

되묻는 나를 향해 그는 난처해하는 얼굴로 말을 이었다.

"제가…… 오늘 하자고 조를 생각이 아닌가 하고."

"──! 그, 그렇지는…….."

"…………."

"경계 같은 건 안했…… 다는 건, 아닌데…… 어, 그게……
응, 조금, 경계했었, 을지도……."

반사적으로 변명하려고 했으나, 가만히 응시하는 그의 눈에
주눅이 들어 최종적으로는 인정하고 말았다.

변명해봤자 소용없다고 생각했다.

내 마음속 밑바닥까지 들여다보는 듯한, 깊고 고요한 눈빛.

"역시. 조금 전부터 대놓고 상태가 이상하셨으니까요."

"미, 미안해……. 저기, 하지만 싫은 건 아니야! 다만, 그……
기, 긴장해서 그런 거라."

"안심하세요."

횡설수설하는 나에게 탓군이 말했다.

작게 웃으면서.

"오늘 할 마음은 없으니까요."

"어······?"

"물론 하고 싶지 않은 건 아니지만······ 어영부영하게 되는 건 싫으니까요."

"어영부영······."

"커플이 같이 살게 된다면 그런 걸 하는 게 당연한 건지도 모르지만······ 그래도, 이번 동거는 조금 일반적이지 않잖아요."

"············."

"둘이서 대화하고 정한 게 아니라 아야코 씨에게는 사후 승낙 형태가 되었으니까요. 이런 상황에서······ 분위기에 맡겨서 끝까지 밀어붙이는 건, 뭔가 아닌 것 같아요."

"탓군······."

"이런 건 최대한 좋은 추억으로 만들고 싶거든요. 그러니까 제대로 기다릴게요. 아야코 씨가 마음의 준비가 될 때까지."

내 눈을 똑바로 바라보며 다정하게 웃는다.

더없이 따뜻한 말과 마음이 내 전신을 감싸는 것 같았다.

가슴이 따스한 것으로 차오르는 것을 느낀다. 끙끙 고민하다가 패닉에 빠져있던 마음이 부드럽게 풀어지는 듯했다.

"······응. 고마워, 탓군."

그 후로 우리는 각자의 자리에서 잘 준비를 했다.

탓군이 이부자리고, 내가 침대.

"아야코 씨, 완전히 끄는 게 좋으세요? 아니면 어둡게 켜두는 걸 좋아하세요?"

"켜두는 거."

"저도요. 그쪽이 수면의 질이 더 좋아진다고 하더라고요."

대화를 나누며 탓군이 조명의 밝기를 제일 아래 단계로 내렸다.

어둑해진 방에서 우리는 각자 자리에 누웠다.

"그럼 안녕히 주무세요, 아야코 씨."

"잘 자, 탓군."

인사한 뒤 눈을 감았다.

하지만.

좀처럼 잠들지는 못했다.

내일은 아침부터 출근. 도쿄에 와서 첫 출근이니까 절대 지각할 수는 없다. 오후부터는 중요한 회의도 있으니 제대로 쉬어야 한다.

그런데—— 통 잠이 오지 않았다.

생각이 끊이지 않고 계속 맴돈다.

탓군의 마음은, 배려는 무척 기쁘다.

오늘은 할 마음이 없다는 말에 솔직히 안도했다.

결코 싫은 건 아니지만…… 경험이 없다 보니, 아무래도 두려움이나 불안을 느끼게 된다.

그러니 자꾸 경계하게 되는 게 있었는데── 탓군은 그런 내 마음을 헤아리고 배려해주었다.

정말 다정하다.

나를 아껴준다.

나와의 관계를 무척 소중하게 생각하고 있다.

그의 자상함이나 진지함을 재확인해서 한층 더 좋아졌다.

"............"

그런데──어째서일까.

가슴 가득 행복이 퍼져나가는데── 조금, 아주 조금. 가슴을 따끔하게 찌르는 외로움을 느끼는 내가 있었다.

제4장
출근과 질투

♥

눈을 뜨자── 옷을 벗은 탓군의 품속에 있었다.

"……어? 어…… 어, 어어어어어억?!"

잠에 취한 머리가 상황을 이해한 순간 절규하면서 벌떡 일어났다.

눈을 비비고 다시금 쳐다보았다.

응……. 역시 잘못 본 게 아니네.

넓은 어깨와 근육이 잡힌 가슴. 희미하게 여섯 갈래로 갈라진 복근.

이불 밖으로 보이는 남자의 상반신은── 나신이었다. 이불이 조금만 더 내려가면 금지된 부위까지 전부 보일 것 같았다.

알몸의 탓군이 내 옆에서 자고 있다.

아니…… 직전까지 같이 자고 있었던 모양이다.

"어어, 어째서?! 왜 둘이 침대에…… 왜 탓군이 알몸으로…… 어, 어어?! 나도 알몸?!

이불 밖으로 보이는 탓군의 알몸에 시선을 빼앗겨버렸기 때문에 눈치채는 게 상당히 늦어지고 말았지만, 놀랍게도 나도 알몸이었다.

아무것도 안 입었다!

아무것도 안 걸쳤다!

완전한 전라!

나도 탓군도 둘 다 알몸으로——.

"뭐, 뭐야 이거. 어떻게 된 거야……?"

"……으응. 아야코 씨……?"

크나큰 혼란에 빠져 있었더니 자고 있던 탓군이 눈을 떴다.

알몸인 채로 몸을 일으켰기 때문에 상반신이 전부 보이게 되었다.

나는 반사적으로 이불을 끌어당겨 가슴을 가렸다.

"일어나셨군요. 안녕히 주무셨어요."

"조, 좋은 아침…… 이 아니고! 이게 뭐야? 무, 무슨 상황인데?"

"뭐가요?"

"어, 어어, 어째서 우리가 같이 자고 있어?! 심지어…… 아, 알몸으로."

"기억 안 나세요?"

몹시 당황한 나에게 탓군은 침착하게 고했다.

"어제 그 뒤로…… 어쩌다 보니."

"어쩌다 보니?!"

거짓말!

그런 분위기로 끝났는데?!

자기 전의 대화는 뭐였던 거야?!

그런 대화를 나눠놓고 결국 '어쩌다 보니'로 일을 쳐버렸어?!

"아야코 씨, 무척 귀여웠어요."

"⋯⋯윽."

"처음에는 새빨갛게 얼굴을 붉히며 부끄러워했지만, 막상 시작하니까 아주 열정적이어서⋯⋯ 마지막에는 아야코 씨 쪽에서──."

"저, 정말로?! 내가 정말, 그런⋯⋯."

아직 상황을 다 받아들이지 못하고 있을 때── 갑자기, 꼬옥. 탓군이 끌어안았다.

전라인 그가, 전라인 나를.

몸 여기저기가 밀착하는 바람에 터무니없는 사태가 되었다──.

"어? 어, 어어어어어?!"

"⋯⋯죄송합니다. 아야코 씨를 보고 있으니 못 참겠어요."

"자, 잠깐 기다⋯⋯ 아, 안 돼, 탓군! 오늘은 출근하는 날인데, 이렇게 아침부터── 읏! 아, 안 된다니까⋯⋯."

저항하는 나를 무시하고 그의 손이 내 피부를 부드럽게 어루만졌다. 목에 키스가 내려오자 저릿저릿한 감각이 느껴지면서 전신에서 힘이 빠져 저항할 수도 없게 되었다. 이윽고 그의 크고 뼈가 굵은 손이 내 몸으로──.

그 순간── 눈을 떴다.

수치심과 자기혐오로 죽고 싶어졌다.

"~~!"

무, 무슨 꿈을 꾸는 거야! 나는!

창피해!

맹렬하게 창피해!

이렇게 엉큼한 꿈을 꾸다니……. 요, 욕구불만인 것 같잖아!

그리고.

무엇보다…… 뭔가 전체적으로 흐리멍덩하다는 게 너무 부끄러워!

에로틱한 꿈을 꿨는데 세세한 부분은 무척 흐릿하다.

중요한 부분은 전혀 묘사되지 않았다.

직접적인 부분은 깔끔하게 편집되었다.

마치 소년만화 같다.

어, 어쩔 수 없잖아!

경험이 없으니까!

본 적이 없으니까!

탓군의 그곳을 본 적…… 아니, 엄밀하게는 있지만.

옛날에 같이 목욕한 적은 있었지만!

그래도…… 그때 본 건 작고 귀여운 봉오리 같았지만, 지금의 탓군은 분명 더 우람하게──.

"아니, 아니야. 무슨 망상을 하는 거냐고. 진짜!"

붕붕 도리질하며 셀프 지적질.

"……그래. 아무 일도 없었어. 무슨 일이 있었을 리가 없지. 우리는 제대로, 각자 다른 자리에서——."

"……으응. 아야코 씨……?"

머릿속에 달라붙은 그렇고 그런 영상을 털어내기 위해 침대 위에서 중얼중얼 혼잣말을 하고 있었더니 옆 이부자리에서 자고 있던 탓군이 눈을 떴다.

천천히 상반신을 일으켰다.

순간 흠칫했지만, 당연히 파자마를 입고 있었다.

알몸일 리가 없다.

"앗, 미안해, 탓군. 깨웠어?"

"아뇨……. 마침 적당한 시간인걸요."

머리맡의 스마트폰을 확인하며 말하는 탓군.

나도 확인해보자 아침 6시 50분이었다.

알람을 맞춰둔 시각이 7시였으니, 정말 마침 적당하다고 할 수 있는 시간이다.

"미안해. 좀 이상한 꿈을 꿔서……."

"이상한 꿈……?"

"……앗."

"굉장히 당황하신 것 같았는데, 무슨 꿈이었어요?"

"아, 아무것도 아니야. 아무것도 아니야! 정말 별거 아닌 꿈이니까…… 이, 이미 잊어버렸어. 하나도 기억 안 나."

나는 필사적으로 얼버무리며 침대에서 내려왔다.

출근 준비를 하며 둘이 함께 아침 식사를 차렸다.

토스트, 달걀 프라이, 요구르트…… 라는 간단한 메뉴.

식탁에 마주 앉아 같이 먹기 시작했다.

이것이 동거 첫 아침 식사.

"탓군은 달걀 프라이에 간장이지?"

"네. 아야코 씨도 간장이죠?"

"응."

순서대로 간장을 뿌렸다.

연애를 시작한 건 아직 그리 오래되지 않은 우리지만, 알고 지낸 시간 자체는 상당히 길다.

같이 식사한 적도 여러 번 있고, 서로 취향이나 취미 등은 어느 정도 파악하고 있다.

하지만.

지금 이 순간은 지금까지 먹은 아침 식사와는 또 다른 느낌이 들었다.

"왠지…… 신선하네. 탓군과 이런 식으로 아침을 먹다니."

"그러게요. 몇 번 같이 아침을 먹은 적이 있지만, 대체로 늘 미우가 같이 있었으니까요."

"둘만 아침을 먹는 건 이게 처음이지?"

내 말에 탓군이 고개를 끄덕였다.

"어쩌면 연인 간의 아침 식사는…… 조금 특별한 건지도 모르겠어요."

"특별하다고?"

"점심이나 저녁이면 사귄 지 얼마 지나지 않았어도 같이 먹곤 하잖아요. 아예 연인이 아닌 상대와도 흔히 같이 먹게 되고. 하지만 아침은…… 가족이 아니면 거의 먹을 일이 없으니까요. 연인이어도 상당히 깊은 관계가 된 뒤가 아니면 같이 먹지 않는다고 할까……."

"……확실히 그럴지도."

공감했기에 나는 고개를 크게 끄덕였다.

"아침을 같이 먹는다는 건 밤을 함께 보냈다는 의미니까. 커플이 밤을 같이 보냈다는 건, 즉──……."

중간에 말을 멈췄지만 늦어도 한참 늦어버렸다.

탓군의 얼굴이 빨개졌고…… 아마 내 얼굴도 상당히 빨개졌을 것이다.

"……죄송합니다. 아침부터 이상한 소릴 했네요."

"아, 아니야. 괜찮아! 나, 나야말로 미안해……."

아차…….

탓군은 적당히 포장해서 로맨틱하게 표현해줬는데, 내가 직접적인 표현으로 돌진하는 바람에 불순한 느낌이 되고 말았어…….

다소 민망한 분위기가 되면서도.

우리는 사귀고 처음 맞는, 조금 특별한 아침식사를 만끽했다.

일찍 일어났으니 서두르지 않아도 괜찮다는 생각에 여유를 부렸더니 결국 아슬아슬한 시각이 되고 만다는 흔한 패턴.

아이고야.

첫날부터 지각하는 건 아무리 그래도 금기다.

이 집에서 회사에 가는 건 오늘이 처음이니까 헤매는 것도 상정해서 조금 일찍 나가려고 했는데…….

세면실에서 정장으로 갈아입고 화장을 마친 뒤 부엌을 살폈다.

마침 설거지가 끝난 건지 탓군이 손을 닦는 중이었다.

"미안해, 탓군. 설거지 맡겨버려서."

"신경 쓰지 마세요. 저 오늘은 일정이 전혀 없으니까 이 정도는 해야죠."

웃으며 대답하는 탓군.

인턴은 내일부터 시작이라고 했다.

"집안일과 짐 정리는 최대한 해둘게요. 그리고 부족한 것들도 마저 사 올 테니까, 무언가 필요한 게 있다면 연락해주세요."

"고마워. 크게 신세 지네."

종종걸음으로 현관에 가서 펌프스를 신었다.

탓군도 배웅하러 나와 주었다.

"그럼 다녀오겠습니다."

"다녀오세요."

"……후후."

무심코 웃음이 흘러버렸다.

"왜 그러세요?"

"왠지 신기한 기분이 들어서. 설마 탓군에게 '다녀오세요'라는 인사를 받으며 출근하는 날이 오다니."

"확실히 조금 이상한 느낌이네요."

탓군도 동의하며 웃었다.

정말로—— 이상한 느낌이다.

하지만 조만간 이런 상황에도 익숙해지는 걸까.

석 달이나 같이 살다 보면—— 혹은, 언젠가 같이 살다 보면.

왠지 간질간질한 이 상황이 지극히 평범한 일상이 되는——.

"……저기, 아야코 씨."

쿡쿡 웃던 탓군이 갑자기 진지한 표정이 되어 말했다.

"지금…… 동거한 커플다운 아침 이벤트를 해도 괜찮을까요?"

"아침 이벤트……?"

고개를 갸웃거리는 나였으나, 잠시 생각해보니 답이 나왔다.

"서, 설마——."

"그, 뭐라고 하지. 출근 뽀뽀, 같은……."

점점 목소리가 작아지긴 했지만 핵심적인 단어는 똑똑히 들렸다.

화르륵 불이 붙듯이 얼굴이 뜨거워졌다.

"어, 그…… 탓군. 그, 그런 거 하고 싶은 타입이야?"

"하고 싶냐 하기 싫냐로 물으신다면…… 뭐, 하고 싶죠. 평범하게."

"아, 아하……. 그렇구나……. 평범하게 하고 싶구나……."

"아야코 씨는 싫으세요?"

"시, 싫은 건 아니지만……."

"……그럼."

"자, 잠깐만! 기다려! 역시…… 부, 부끄럽지 않아?! 굉장히 러브러브한 커플 같아서…… 너무 닭살이라고 해야 하나."

"뭐 어때요. 닭살 커플."

보는 사람은 아무도 없잖아요.

그렇게 말하며.

탓군은 내 어깨를 잡고 천천히 얼굴을 움직였다.

조금 막무가내인 느낌이 들었지만, 그렇다고 불만을 토할 수도 없고…… 나는 약간의 저항도 보이지 않은 채 조용히 눈을 감았다.

이윽고── 입술과 입술이 닿았다.

딱히 이게 처음 하는 키스인 건 아니다.

처음은 내가 폭주해서 저질렀고, 어제까지 보낸 러브러브 일주일 때도 몇 번 경험했다.

하지만 아직 조금도 익숙해지지 않았다.

심장이 믿어지지 않을 만큼 난동을 부리고, 가슴은 달콤한 기분으로 넘쳐흘러서 전신이 녹아버릴 것 같다──.

"…………."

키스가 끝난 뒤에 눈이 마주치자 공연히 둘 다 시선을 돌렸다.

"……역시 조금 부끄럽네요. 아침부터 뭐 하는 거냐는 느낌이라."

"내, 내가 그렇다고 했잖아……!"

"하하, 죄송합니다."

가볍게 웃은 뒤, 탓군은 다시 나를 똑바로 응시했다.

"다녀오세요."

"……응. 다녀올게."

인사를 마치고 이번에야말로 진짜 현관에서 나왔다.

얼굴이 뜨겁다.

입술에는 아직 감촉이 남아있는 느낌이 들고, 머리는 몽롱하다.

하아…….

아침부터 이렇게 행복한데, 나 오늘 제대로 일할 수 있을까?

아침부터 러브러브해서 핑크빛으로 물들어있던 내 사고회로였으나── 그 후에 이어진 만원 지하철로 인해 단숨에 회사의 노예 모드로 전환되었다.

지옥이다…….

만원 지하철은 지옥이다…….

물리적으로도 정신적으로도 지옥이다.

평소 이동할 때는 대체로 자동차라 지하철에 거의 타지 않고 생활하는 토호쿠 사람에게 도쿄의 만원 지하철은 그야말로 지옥철이었다.

뭐, 말은 이렇게 해도 출근 피크 타임은 지나간 시간대라 옴짝달싹할 수 없을 만큼 꽉꽉 끼인 건 아니다. 그러니 이 정도로 불평한다면 매일 '진짜' 지옥철로 출퇴근하는 회사원들이 비웃을지도 모르지만…… 그래도 힘든 건 힘들다.

행복한 배웅으로 시작해 지옥 같은 지하철 출근길을 거치고 회사에 도착.

주식회사 '라이트십'.

복합빌딩의 5층이 우리 회사의 사무실이다.

전에도 몇 번 온 적이 있었지만, 이런 식으로 남들처럼 아침부터 출근하는 건 오늘이 처음이었다.

앞으로 석 달 동안 이런 일상이 이어지겠지.

"······좋아."

나는 새롭게 결의를 다지며 빌딩 안으로 발을 들여놓았다.

자, 일할 시간이다.

먼저── 인사. 오늘부터 새 환경에서 일을 시작하는 것이니, 이 부분은 제대로 해야 한다.

익숙한 사람에게 인사하고, 처음 보는 사람에게도 인사하고, 온라인 회의에서 얼굴을 본 적은 있지만 직접 만난 적은 없었던 사람에게도 인사하고.

그러는 사이에 순식간에 오전이 끝나버렸다.

밖으로 점심을 먹으러 가려던 때.

"──안녕, 카츠라기."

느지막한 시간에 출근한 오이노모리 씨와 딱 마주쳤다.

뭐, 느지막하다고 해도 우리 회사는 근무시간이 비교적 유연하기 때문에, 언제 출근하는지는 개인의 자유다. 그리고 그 자유로운 사내 분위기 속에서 제일 자유롭게 일하는 사람이 사장인 이 사람이다.

"지금부터 점심?"

"네."

"좋아. 그럼 같이 가자."

"사 주시는 거라면 기꺼이."

즉석에서 같이 점심을 먹기로 결정.

……이 사람, 출근하자마자 바로 점심이라니 참 이상한 짓을 다 한다고 생각했지만 사준다고 하니 아무 말도 하지 않기로 했다.

"어때? 도쿄 생활은."

엘리베이터를 타고 1층으로 내려가는 도중에 오이노모리 씨가 불쑥 물어보았다.

"아직 본격적으로 업무를 시작한 건 아니니까 딱히 감상도 없네요. 오전에는 인사만 하다 끝나버렸거든요."

"그게 아니라—— 아테라자와와 함께하는 러브러브 동거생활 말이야."

커피를 마시고 있었다면 성대하게 뿜었을 것이다.

오이노모리 씨는 몹시 즐겁다는 눈으로 나를 바라보았다.

"어린 남자친구와 하룻밤을 보낸 감상을 꼭 듣고 싶은데. 아무리 나라고 해도 10살 이상 연하인 남자는 경험이 없거든."

"아무 일도 없었어요. 평범, 평범했다고요!"

"빼기는. 이제 막 사귀기 시작한 커플이 같은 방에서 하룻밤을 보냈는데 아무 일도 일어나지 않을 리 없잖아?"

"모릅니다. 설령 무슨 일이 있었다고 해도 오이노모리 씨에겐 안 가르쳐드릴 거예요."

"오호라. 집주인에게 그런 태도를 보여도 괜찮겠어?"

"집주인이라고 해도 사생활을 침해할 권한은 없습니다."

"흐응. 뭐 됐어. 이런 이야기는 해가 중천일 때 할 것도 아니니까. 나중에 또 술이라도 마시면서 있는 얘기 없는 얘기 다 캐내야지."

무시무시한 소리에 등골이 오싹해졌다.

엘리베이터가 1층에 도착한 순간 도망치듯 빠른 걸음으로 내렸다.

오이노모리 씨도 키득키득 웃으면서 따라왔다.

"그러고 보면 오늘 아테라자와는 뭐 해?"

"집에 있죠. 집안일이나 장보기 등등을 해준다고 하더라고요."

"흐음. 제법 유능한 남자잖아. 다음에 우리 집에도 와 달라고 할까."

"안 됩니다. 탓군은 가사도우미가 아니니까요."

"뭐 어때. 가끔은 빌려줄 수 있잖아. 요즘 청소도 빨래도 직접하려니 삭신이 쑤셔서."

"안 된다니까요. 참나…… 오이노모리 씨는——."

사생활이 너무도 처참한 상사에게 가볍게 설교라도 해 줘야겠다고 생각한 그때, 불현듯 머리에 걸리는 게 있었다.

청소와…… 빨래?

탓군이 오늘 집에서 혼자 집안일을 한다는 건——.

"……앗?!"

터무니없는 사실을 깨달은 나는 괴성을 지르며 발을 멈췄다.

깜짝 놀라는 오이노모리 씨를 뒤로 서둘러 스마트폰을 꺼냈다.

『여보세요. 무슨 일이세요? 아야코 씨.』

"타, 탓군?! 지금 어디 있어?"

『어디냐니…… 집인데요. 집안일을 대강 마쳤으니 지금부터 점심 먹을 겸 장 보러 나가려고 하던 참이었어요.』

"마, 마쳤다니……. 그럼 빨래도 이미, 다 한 거야?"

『네. 아까 전부 널어뒀습니다.』

선뜻 돌아온 대답에 볼살이 꿈틀거리는 걸 느꼈다.

『오늘은 날씨가 좋으니까 빨리 널고 싶었어요.』

"저기…… 그, 탓군? 빨래해준 것 자체는 굉장히 기쁘고, 고마운데── 내, 내 속옷은 어쨌어?"

『……그, 그건.』

전파 너머로 노골적으로 당황한 목소리가 돌아왔다.

몇 초의 침묵.

『그…… 빨았죠.』

탓군이 대답했다.

나는…… 무릎이 꺾일 뻔했다.

끝장이다.

완전히 끝나버렸다.

눈치채는 게 너무 늦었다.

어제 입었던 속옷은── 목욕하고 나온 다음 탈의 바구니에 넣어둔 채 잊어버렸다. 그때는 동거 첫날밤 건으로 머리가 가득 차서 누가 빨래를 하는지까지는 신경을 할애하지 못했다.

어, 어쩌지.

탓군이 속옷을 빨았어.

빨았다는 건, 즉…… 어제 내내 입었던 브래지어와 팬티를 대놓고 보고, 대놓고 만졌다는 소리──.

『죄, 죄송합니다. 엄청 망설였는데요……. 마음대로 빨면 안 되는 거 아닌가? 하고요. 하지만 다른 건 빨았는데 속옷만 빼놓고 방치하는 것도, 그거대로 너무 의식해서 반대로 징그러운 느낌이 들어서요.』

"…………."

『겨, 결코 이상한 짓은 하지 않았으니까요! 최대한 보지 않으려고 했고, 칠요 최소한의 접촉만으로 빨았으니까요! 세탁법도 조사해서 제대로 네트망에 넣어 망가지지 않도록 했고, 널 때도 밖에서는 절대 보이지 않도록…….』

"……으, 응. 괜찮아."

가까스로 평정을 가장했지만 멘탈이 상당히 너덜너덜하다.

속옷을 보여주는 것만으로도 부끄러운데 깔끔하게 빨래까지 하다니.

부끄럽기도 하고 면목이 없기도 하고, 무척 복잡한 기분…….

"미안해. 내 속옷 같은 걸 빨게 해서. 싫었지?"

『아뇨……! 싫을 리가 없잖아요! 저는 아야코 씨의 속옷이라면 매일 기뻐하며 빨 수 있어요!』

"…………."

그.

무슨 의미지?

……응. 그래. 딱히 깊은 의미는 아니겠지. 그냥 동거 중인 남자친구로서 상대방의 속옷 정도는 당연히 빤다는 뜻일 거야.

"……하아."

통화를 마치고 피로에 젖어 무거운 한숨을 내쉬자.

"후후. 상당히 풋풋한 동거를 만끽하고 있나 보군."

옆에 있던 오이노모리 씨가 놀리듯이 말했다.

"추억이구나. 속옷 정도로 일일이 부끄러워하는 시절이라니, 나에게는 이미 한참 옛날 일인데."

"……내버려 두세요."

통명스럽게 대꾸했지만 오이노모리 씨는 역시나 웃었다.

"기쁘고 부끄러운 동거생활을 만끽하고 있는 것 같아 다행이지만── 그래도 슬슬 머리의 채널을 돌려놓는 걸 추천해."

불현듯 목소리 톤을 낮추고.

못을 막듯이, 혹은 도발하듯이 오이노모리 씨가 말했다.

"점심을 먹은 뒤에는—— 드디어 '각본 체크'가 시작되니까."

"……네."

나는 조용히 고개를 끄덕였다.

민망함에 풀어져 있던 머리가 단숨에 긴장감을 되찾은 기분이 들었다.

그래.

오늘은 오후가 되자마자 애니메이션 회의 일정이 잡혀있다.

나는 그 일을 하기 위해 이 도쿄에 왔다.

「너의 소꿉친구가 되고 싶어」

약칭—— '너소되'.

내가 담당하는 작가, 시란도 하쿠시 선생님이 집필하는 라이트노벨.

장르는 러브 코미디.

현재 5권까지 간행 중.

첫 발매 때부터 높은 인기를 구가하며 이미 애니화 기획이 진행되고 있다.

세간에 그 정보를 발표하는 건 한참 나중 일이지만, 그래도 애니메이션이라는 것은 보통 세간에 정보가 공개되기 몇 년 전부터 물밑에서는 기획이 돌아가고 있다.

내가 도쿄로 단신 부임…… 아니, 커플 부임하게 된 것은 담당 편집자로서 '너소되' 애니메이션에 적극적으로 관여하기 위해.

오늘의 업무는── 소위 '각본 체크'다.

감독, 각본가, 프로듀서, 디렉터, 출판사의 편집자나 라이센스 담당자…… 그 외 애니메이션 관계자가 한곳에 모여 일단 완성된 각본에 대해 의견을 나눈다.

그 회의를 업계에서는 속칭 '각본 체크'라고 부른다.

애니화 기획이 결정되고 본격적으로 가동하기 시작하면 거의 매주 '각본 체크'를 하게 된다.

간단히 말해서…… 아주아주 중요하다.

애니메이션의 퀄리티를 크게 좌우하는, 어마어마하게 중요한 회의다.

이번 같은 라노벨 원작 애니메이션의 경우 '각본 체크'에서 담당 편집자, 즉 내 역할은── 출판사 대표, 그리고 작가의 대변인이 되는 것.

원작자인 시란도 선생님은 지방에 살기 때문에 매주 만나는 회의에 참가할 수 없다.

그래서 나는 그녀 대신 원작 측 대표로서 발언해야만 한다.

다양한 아이디어를 제안하거나, 반대로 타인의 아이디어를 검토하거나.

그리고 때로는── 애니메이션 측 사람과 싸우거나.

애니메이션이라는 대형 프로젝트를 성공시키기 위해 각 업계의 대표가 모여서 서로 의견을 뜨겁게 부딪친다.

다른 입장의 인간들이 각자의 주장을 내세우며 때로는 싸우고, 때로는 타협해서 모범답안이 없는 문제에 최선을 다한 정답을 만들어낸다.

그렇기 때문에 '각본 체크'는 뜨겁고, 열정적이고, 보람이 있고, 뿌듯하고, 일을 한다는 실감이 나지만──다만…… 굉장히 피곤하다.

"……다, 다녀왔습니다."

오후 7시가 지난 시각──.

영차영차 집에 도착한 나는 완전히 녹초 상태였다.

"다녀오셨어요. 괘, 괜찮으세요?"

"응……. 간신히."

걱정하며 맞아주는 탓군에게 대답하며 신발을 벗고 안으로 들어왔다.

'각본 체크'가 시작된 게 오후 2시.

처음에는 두 시간 정도를 상정하고 있었으나…… 정신을 차리자 두 시간 연장.

오후 6시까지 계속해서 회의가 이어지고 말았다.

처음이니까 우선 오늘은 가볍게 얼굴을 익힌다는 감각으로 갈 예정이었는데, 막상 시작하고 나니 논의가 터무니없이 뜨거워졌기 때문이다.

나는 원작 측 대표로서 회의의 중심에 있었기 때문에 4시간 동안 계속 두뇌를 풀가동하며 입을 놀렸다.

지쳤다.

굉장히…… 지쳤다.

"늦어져서 미안해……. 배고프지? 지금 바로 뭐라도 만들 테니까."

"저녁이라면 제가 이미 차려놨어요."

"……어?"

그제야 다시금 탓군을 보고 간신히 알아차렸다.

그가 앞치마를 두르고 있다는 것을.

거실로 향하자──식탁에는 이미 요리가 놓여 있었다.

카르보나라와 두부가 들어간 야채 샐러드.

지하철에 타기 전에 귀가 시간을 연락해 두었으니, 거기에 맞춰서 만들어준 모양이었다.

"대단해. 저녁이 차려져 있어……!"

감동해서 부들부들 떠는 나.

뭐지. 이거. 대단한데.

일하고 나서 지친 몸으로 돌아왔더니 이미 저녁 식사가 차려져 있다니……!

"목욕물도 데워두었는데, 어떻게 하실래요?"

목욕물까지?!

"어, 그…… 우선 밥부터."

"알겠습니다. 그럼 수프 담을게요."

그렇게 말하더니 탓군은 부엌으로 돌아가 수프를 준비하기 시작했다.

"……미안해. 하나부터 열까지 다 시켜버려서."

"무슨 말씀이세요. 저는 오늘 휴일이었으니까, 이 정도는 당연히 해야죠."

국자를 한 손에 든 탓군이 말했다.

"원래 저는 도쿄에선 아야코 씨를 보좌할 마음이었으니까요."

"보좌……."

"인턴이 있다고 해도, 야근도 휴일 출근도 없으니까요. 시간적 여유는 틀림없이 제가 더 많을 테니까, 집안일이든 잡일이든 뭐든 할게요. 아야코 씨가 조금이라도 일에 집중할 수 있도록."

"탓군……."

우수하고 다정하기 그지없는 남자친구에게 감동해 눈물이 나올 것 같았다.

정장에서 실내복으로 갈아입은 뒤 둘이 함께 저녁을 먹기 시작했다.

"으음. 이 카르보나라 맛있어."

한 입 먹은 순간 무심코 감탄하는 목소리가 나왔다.

"정말로요?"

"응. 아주 맛있어. 이거 만드는 거 힘들지 않았어?"

"전혀요. SNS에서 본 쉬운 요리 레시피였거든요. 동영상을 보면서 만들었을 뿐이에요."

"정말 탓군은 대단해. 집안일도 요리도 뭐든 혼자서 할 줄 알고. 도저히 부모님과 같이 사는 대학생으로 보이지 않아."

"과찬이에요. 이 정도는 평범한 거니까요. 그렇게 따지라면 아야코 씨가 훨씬 더 대단하잖아요? 집안일도 요리도 저보다 더 잘하시니까요."

"어? 어어? 나는 아니야. 진짜 평범해."

서로 칭찬하고 겸손해하는 우리였다.

탓군의 요리를 배불리 먹고 설거지도 마친 뒤.

"역시 일이 힘드세요?"

나란히 소파에 앉은 타이밍에 탓군이 걱정하듯 물어보았다.

"어…… 응. 오늘은 좀 고생이었지."

나는 애매모호하게 웃으며 말했다.

"'각본 체크'…… 아, 그러니까. 애니메이션의 대본을 보고 피드백하는 회의가 있었는데, 그게 상당히 뜨거워져서 길어졌거든……."

"싸우신 거예요?"

"싸웠다…… 고 하면 싸운 건가? 애매하네. 딱히 '애니화를 실패시키자'고 생각하는 사람은 아무도 없지만, 역시 각자 입장이라는 게 있으니까."

애니메이션 측에는 애니메이션 측의, 출판사에는 출판사의, 그리고 원작자에게는 원작자의 방식과 사정이 각각 존재한다.

누군가가 옳은 게 아니라, 전원이 옳다.

그렇기 때문에 '각본 체크' 때 의견을 조율하는 게 중요하다.

"지금까지 이야기로는 들어봤고, 재미있을 것 같아서 계속 참가해보고 싶었는데…… 역시 남에게서 듣는 것과 내가 직접 하는 건 너무 다르더라……. 모레에는 '각본 체크'와는 별개로 판매 전략에 대해 다 같이 상의하는 '선전 회의'도 있고……."

막상 참가해보고 알았는데, 예상했던 것보다 내 책임이 더 중대했다.

토호쿠에 남아있었다면 도저히 이 포지션을 수행할 수 없었을 것이다.

"힘드시겠어요……."

"응…… 아, 하지만 당연히 즐거운 일도 많아. 의견이 충돌하면서 혼자서는 절대 떠올릴 수 없었던 아이디어가 나오기도 하니까."

이대로는 한탄만 하다 끝날 것 같은 기분에 나는 긍정적인 이야기도 덧붙였다. 앞으로 인턴을 시작하는 탓군에게 일의 고통스러운 부분만 이야기하는 것도 내키지 않고.

"이번에 메인 각본을 담당해주는 사람이 스기사와 히사시 씨라고 하는 베테랑 각본가거든. 나는 전부터 좋아하던 각본가라서 같이 일할 수 있는 게 너무 기뻤지 뭐야."

"네⋯⋯."

"직접 대화한 건 오늘이 처음이었지만, 정말 좋은 사람이었어. 실적도 대단한데 겸손하고 태도가 부드럽더라. 이번 각본도 원작의 매력을 세심하게 끌어내면서 애니 고유의 연출을 의식하며 절묘하게 각색이 들어갔는데⋯⋯ 한층 더 팬이 되었어."

"⋯⋯그렇, 군요."

각본가의 매력을 열변해봤지만 탓군의 반응은 모호했다.

처음에는 즐겁다는 듯 들어주었는데, 점점 표정이 일그러졌다.

어라? 왜 저러지?

이쪽 업계의 이야기는 별로 관심이 없었나?

"그, 스기사와 씨는⋯⋯ 남성인가요?"

"응? 어, 응. 그렇지. 스기사와 히사시가 그대로 본명이라는 것 같고."

내 대답에 탓군의 표정이 조금 더 구겨졌다.

못마땅한 듯한, 토라진 듯한 그런 얼굴.

응?

왜 스기사와 씨의 성별이 궁금한 거지? 탓군은 각본가나 작가의 성별로 편견을 갖는 타입의 오타쿠였나?

그런 게 아니라면 스기사와 씨의 성별을 궁금해할 이유가──.

"……아. 호, 혹시."

불현듯 떠오른 추측이 그만 입 밖으로 나오고 말았다.

"탓군── 질투하는 거야?"

"……!"

흠칫 몸을 굳히더니 민망한 표정이 되는 탓군.

"따, 딱히 질투인 건 아닌데요……. 그냥, 아야코 씨가 그 사람을 너무 칭찬하니까 기분이 좀 별로였던 것뿐이고……."

"……그걸 세간에서는 질투라고 하지 않니?"

역시 질투였던 모양이다.

내가 다른 남자를 칭찬하니까, 그래서 조금 삐졌다.

우와.

어쩌지. 나 질투 받았어……!

와. 뭐지. 이 몽글몽글한 기분.

이런 말을 하면 안 되는 건지도 모르지만── 왠지 조금 기쁘다.

게다가.

질투해서 삐진 탓군이…… 좀 귀엽다.

"……어휴, 정말이지."

나는 작게 웃은 뒤 소파에 앉은 채 손을 뻗었다.

탓군의 손을 살며시 붙잡았다.

"스기사와 씨는 가본가로서 존경하는 것뿐이야. 남자로서는 아무런 생각도 없어. 게다가…… 스기사와 씨는 유부남이야."

"네? 그, 그런가요?"

"응. 애도 셋이나 있어."

탓군이 안심하도록 나는 계속 말을 이었다.

"애초에 스기사와 씨는 상당한 베테랑이라, 나보다 10살 정도 연상이거든. 전혀 연애 대상으로 안 보여."

"꽤 연상이었군요."

"10살이나 차이가 나면 완전히 세대가 달라지잖아. 그런 사람을 좋아할 리 없는걸."

"그렇죠. 그만큼 나이 차이가 나면 화제도 가치관도 안 맞을 것 같고."

"맞아. 설령 사귄다고 해도 분명 잘 안 풀릴 거야."

"이래저래 난항이겠네요."

"그렇지. 아주 난항──……."

"…………."

"…………."

완벽히 똑같은 타이밍에 무겁게 절망하는 우리.

둘이 동시에 깨달은 모양이다.

질투를 가볍게 웃어넘길 생각으로 한 말이…… 처절한 자학이 되어 우리를 찌르고 있다는 것을.

실수했다.

10살 넘게 차이가 나는 건 우리도 마찬가지였어!

완전히 세대가 달라지고, 대화도 가치관도 안 맞을 것 같은 나이 차 연애였어!

아아, 망했다……. '사귄다고 해도 잘 안 풀릴 거다'라는 둥, '난항'이라는 소릴 하고 말았어. 특대급 부메랑이다…….

"……괜찮아요."

침울해하는 나에게 탓군이 말했다.

내가 잡은 손을 부드럽게 마주 잡으면서.

"우리라면 분명 잘 될 거예요. 10살 정도의 나이 차이는 사소한 일이니까요."

"……응. 그래."

말이 가슴속 깊이 스며든다.

예를 들어 다른 사람에게 '나이 차이는 사소하다'라는 말을 닫는다면 조금도 와닿지 않았을 것이다. 남의 일이라고 무성의하게 응원한다고 받아들였겠지.

하지만.

다름 아닌 탓군의 말이라면 믿을 수 있다.

분명 누구보다도 나와의 '나이 차이'에 대해 고민했을 테니까.

10살이라는 벽에 대해 10년간 계속 고민해왔다. 그런 그가 '사소한 일'이라고 말해주는 것이, 지금은 무척 기쁘고 든든했다.

"……저기, 탓군. 뭐 원하는 거 없어?"

"원하는 거요?"

"나를 위해 밥도 해주고 목욕물도 준비해줬잖아? 그러니까 무언가 보답하고 싶어서. 상 같은 거."

"그런 건…… 괜찮아요. 이 정도는 평범한 거니까요."

"그러지 말고. 뭔가 해주지 않으면 내가 불편하니까."

"……그럼."

잠시 고민한 뒤, 탓군이 말했다.

"껴안아도 될까요?"

"……어?"

"아야코 씨를 힘껏 껴안고 싶어요……."

되묻는 나에게 탓군은 부끄러운 듯, 하지만 확실하게 재차 말했다.

잘못 들은 게 아닌 모양이다.

뺨이 화르륵 뜨거워지는 것을 느꼈다.

무, 무슨 소릴 하는 거야? 이 아이는.

"그건…… 그, 포옹이라는 거지?"

"아, 네. 가능하다면 평소보다…… 조금 세게요."

"어……, 어……? 저, 정말?"

"네."

"그거면 돼?"

"그게 좋아요."

"아, 안 돼. 지금은 탓군에게 상을 주겠다고 한 말인걸? 그런데 포옹하고 싶다니…….."

부끄러운 나머지 나는 그만 생각했던 걸 그대로 말해버렸다.

"그러면 나에게 주는 상이 되어버리잖아."

"……. ……!"

잠깐의 정적 후, 탓군이 나를 힘껏 끌어안았다.

와락.

말 그대로, 평소보다 조금 센 포옹이었다.

"어, 어어어?!"

"……안 돼요, 아야코 씨. 그런 귀여운 말씀은 하지 마세요."

"귀, 귀엽다니…… 딱히 나는, 그런 게……. 탓군도 참."

표면적으로는 조금 투덜거리고 마는 나였지만, 입꼬리가 히죽히죽 올라가는 걸 참을 수 없었다.

도쿄에 와서 첫 출근일.

익숙하지 않은 일이 많아 이래저래 힘들었지만…… 다정한 남자친구 덕분에 일하면서 쌓였던 피로가 전부 날아가 버렸다.

딸이 아니라 나를 좋아한다고?!

제5장
과거와 재회

♠

도쿄에 오고 세 번째로 맞는 아침.

눈을 뜨자 옆 침대에 아야코 씨의 모습은 없었다.

시각은—— 아침 6시 50분.

알람이 울리기 전에 알아서 눈을 뜬 셈이지만, 아무래도 그런 나보다 아야코 씨가 먼저 행동을 개시한 모양이다.

어쩐지 면목이 없어서 황급히 일어났다.

이불을 개고 서둘러 거실로 향하려고 했으나—— 그 순간 퍼뜩 생각했다.

잠깐.

여기서 급하게 행동하는 건 어쩌면 악수일지도 모른다.

왜냐하면 우리는 지금—— 1LDK에서 동거 중이기 때문이다.

둘이서 살기에는 이래저래 좁아서 개인 공간 같은 건 거의 없다.

생각 없이 생활하다 보면…… 깜빡 상대방의 사생활을 침해해 버리는 일도 많을 것이다.

예를 들면, 옷 갈아입기.

예를 들면, 화장실.

예를 들면, 목욕.

그러한 예민한 상황에 딱 마주치게 될 위험이 있다.

다행히 오늘까지는 어떻게든 그런 종류의 해프닝을 일으키지 않고 지낼 수 있었다. 가능하다면 앞으로도 일으키지 않고 싶다.

　……그야 뭐, 조금 기대하는 부분이 없다고는 못 한다. 나에게도 욕망이 있다. 좋아하는 사람의 그렇고 그런 모습은…… 솔직히 보고 싶다.

　동거한다는 걸 안 뒤로 그런 망상을 숱하게 했다. 목욕이나 옷을 갈아입을 때의 남성향 서비스신 같은 이벤트를 기대하는 마음이 전혀 없다고 하면 역시 거짓말이 된다.

　하지만.

　그래도.

　그런 흑심에 몸을 맡길 수는 없다.

　둘이서 함께 사는 공동생활이기 때문에, 무엇보다 배려가 중요하다고 본다.

　최대한 상대방의 사생활을 존중해야 한다.

　서비스신 같은 건 피할 수 있다면 피하는 게 낫다.

　"……후우."

　한 번 깊이 심호흡하며 머리를 명료하게 깨웠다.

　그리고── 생각한다.

　지금 이 상황에서 상정할 수 있는 해프닝은…… 화장실과 옷 갈아입기.

　화장실은 들어갈 때 노크를 제대로 하면 문제없다.

　옷 갈아입기도…… 마찬가지로 세면실을 조심하면 괜찮을 것이다.

1LDK의 동거생활── 상대방에게 보여주는 일 없이 옷을 갈아입으려면 침실 또는 세면실을 사용하게 된다.

침실은 지금 내가 있다.

그렇다면 아야코 씨가 옷을 갈아입으려면 세면실을 이용할 수밖에 없다.

요컨대.

화장실과 세면실의 문만 제대로 노크하면 서비스신 이벤트는 100% 회피할 수 있다. 그래. 틀림없다.

"…………."

어라. 이상하네. 나는 왜 이렇게 필사적으로 서비스신을 회피하려는 거지?

나는 이미 아야코 씨의 남자친구니까, 어쩌면 옷 갈아입기 정도는 의도치 않게 목격한다고 해도 용서받을 수 있는 신분일지도 모르지만……. 그래도, 으음…… 음. 역시 피하자.

그래, 피하자.

아직 연애를 시작한 지 얼마 되지 않았으니, 최대한 신사로서 대하자.

그런 결의와 함께 나는 침실의 문을 열었다.

그러자──.

아야코 씨가 거실에서 옷을 갈아입고 있었다.

침실 문을 열면 바로 거실이다.

즉 눈앞이다.

상당히 가까운 거리에서 옷을 갈아입고 있었다.

타이밍이 좋은 건지 나쁜 건지, 한창 갈아입는 중이어서 파자마는 반 이상 벗은 상태였다.

바지는 이미 벗어버린 뒤다.

엉덩이를 덮는 검은 속옷과 새하얀 허벅지가 시야에 파고든다.

하지만 하반신 이상으로 시선을 빼앗는 것이── 상반신.

윗옷의 단추는 반 이상 풀려 있어서 깊디깊은 가슴골이 보였다.

압도적인 존재감과 중량감을 자랑하는 풍만한 흉부.

보통은 속옷으로 덮여있어야 하나── 지금은 본래 그곳에 있어야 할 구속구가 존재하지 않았다.

따라서 유방은 중력을 따르면서도 그녀의 동작에 맞춰 묵직하게 흔들렸다. 아주 조금이라도 윗옷이 밀려나면 끄트머리까지 모든 게 보일 것처럼──.

"──꺄악."

"윽. 죄, 죄송합니다!"

비명을 듣고 정신을 차린 나는 허둥지둥 문을 닫았다.

심장이 쿵쾅쿵쾅 뛰었다.

뇌리에는 아야코 씨의 선정적인 모습이 뚜렷하게 새겨져서 흥분으로 머리에 피가 몰려드는…… 반면, 무언가 허탈함과도 비슷한 감정도 싹트고 있었다.

"……거실에서 갈아입고 있었다는 패턴이라니……."

작은 목소리로 중얼거리며 크게 한숨을 쉬었다.

그 패턴은 예상하지 못했다.

한 지붕 아래에서 함께 하는 동거생활.

서비스신을 회피하는 건 상당히 어려운 모양이다.

아침을 먹을 때도 아직 약간의 민망함이 남아 있었다.

"저기, 아야코 씨……. 조금 전에는 정말로 죄송합니다."

"괘, 괜찮아. 그렇게 사과하지 마."

식탁 맞은편에서 붕붕 손을 내저었다.

"나야말로 미안해. 제대로 세면실에서 갈아입었어야 했는데……. 그게, 그…… 귀, 귀찮았거든. 탓군은 자고 있으니까 괜찮을 줄 알고."

부끄러운 듯 미안하다는 듯 말하는 아야코 씨.

서로 사과했으니 이걸로 대화 종료──인 줄 알았는데.

"……그, 그래서 말인데. 오해받는 것도 싫으니까 제대로 말해두려고 하거든."

왠지 각오를 다진 얼굴로 아야코 씨가 말했다.

"나는 매번 노브라로 자는 게 아니야!"

이것만은 양보할 수 없다는 기백이 담긴 목소리였다.

어.

이 화제 안 끝났어?

간신히 편안하게 아침을 먹을 수 있게 될 줄 알았는데.

그나저나…… 노브라 화제가 많구나, 아야코 씨……!

우리가 사귀기 시작했을 때도 노브라였고…….

"평소에는 제대로 나이트 브라를 차."

"나, 나이트 브라……."

수면용으로 나온 브래지어를 말하는 거였던가?

"어제는 우연히, 잘 때 불편해서 벗은 것뿐이고……. 결코, 결코…… 늘 노브라로 자는 게 아니니까. 그렇게 방심하는 여자가 아니니까."

빠른 어조로 당부하듯 말했다.

나로서는 잘 때 노브라라고 방심한다는 감각도 없고, 오히려 노브라 스타일을 권장하고 싶은 기분이지만…… 아야코 씨에게는 무언가 양보할 수 없는 게 있는 모양이다.

"고, 고생이 많네요. 여자는. 잘 때도 브래지어를 차야만 한다니."

"그렇지……. 하지 않는 사람도 많다고 하지만…… 그게, 그, 나만큼 사이즈가 크면 잘 때 모양이 무너지기도 하니까……."

더듬더듬 나오는 말에 무심코 시선이 가슴에 빨려 들어갈 뻔했지만, 강철 같은 이성으로 필사적으로 시선을 돌렸다.

그리고 보면 나이트브라는 사이즈가 클수록 착용하는 게 좋다던가.

그렇다면…… 응. 아야코 씨는 입는 게 나을 거다. 이 사람이 입지 않으면 누가 입으랴.

"하아……. 정말 큰 것도 불편하다니까. 무겁고, 어깨는 뻐근하고, 수영복도 브래지어도 사이즈를 찾기 어려우니까 비싼 걸 살 수밖에 없거든."

"아, 확실히 아야코 씨의 브래지어는 꽤 비싼 브랜드였죠."

"그렇다니까. 딱히 좋아서 고급 브랜드를 입는 게 아니라고. 사이즈가 없다 보니──."

처음에는 절절히 고개를 끄덕이던 아야코 씨였으나 중간에 생각에 잠긴 표정이 되더니.

"……저, 저기, 탓군."

의심스러운 듯 물었다.

"어째서 탓군이…… 내 브래지어가 브랜드 제품인 걸 아는 거야?"

"──!"

이런.

망했다. 완전히 쓸데없는 소릴 해버렸어……!

"그게…… 그, 건……."

"…………."

"지, 지난번에 빨래했을 때 태그를 보고…… 그래서, 인터넷으로 조사했거든요."

시선의 압력에 굴복해서 솔직하게 대답하자 아야코 씨의 얼굴이 빨개졌다.

"이, 일부러 조사했다고……."

"아니, 그게 아니라요! 이상한 의미가 아니라 세탁법을 조사하려고! 잘못된 방법으로 빨았다가 망가지면 안 되니까, 제대로 공식에서 권장하는 세탁법을 조사할 생각에…… 저, 정말로 그것뿐이에요!"

필사적으로 변명했지만 아야코 씨가 눈을 흘기며 노려보았다.

"……탓군, 최대한 보지 않으면서 빨았다고 했으면서."

"태, 태그만요. 태그밖에 안 봤어요. 태그 외의 부분은 기억에 전혀 남아있지 않아요."

"……설령 그게 사실이라고 해도── 태그는 꼼꼼히 본 거지?"

"…………."

"그럼…… 내, 내 가슴 사이즈도……."

"……시, 시야에는 들어왔을지도 모르지만 기억에는 남아있지 않습니다. 정말로 저는 그냥 세탁법 때문에 브랜드를 알고 싶었던 것뿐이니까요."

"거짓말. 틀림없이 봤어. 이미 아는 거지? 내가…… G컵이라는 거."

"네? 아니…… G가 아니잖아요? 그보다 훨씬 더—— 앗."

유도신문에 걸렸다는 걸 깨달았을 때는 이미 늦어버렸다.

아야코 씨는 한층 더 얼굴을 붉히며, 눈동자에는 수치와 분노의 불꽃이 타오르고 있었다.

"역시……!"

"아니, 그…… 죄, 죄송합니다."

"……어휴. 탓군은 엉큼해."

심통이 난 듯 기가 막힌 듯 말하는 아야코 씨.

이런 소릴 하면 더 화나게 만들지도 모르지만, 부끄러워하면서 화내는 그녀는 왠지 무척 귀여웠다.

정신없는 아침 식사 후에는 서둘러 일할 준비에 들어갔다.

말은 이렇게 해도 아야코 씨는 오늘은 오후부터 출근한다고 했다.

그러니 준비해야만 하는 사람은—— 나뿐이다.

"……와."

옷을 갈아입고 침실에서 나오자 내 모습을 본 아야코 씨가 눈을 빛냈다.

"오랜만에 보네. 탓군의 정장."

"성인식 때 이후로 처음이죠."

쓴웃음을 지으며 내 모습을 내려다보았다.

대학에 입학할 때 부모님이 사 주신 풀세트 정장. 구직 활동에
도 쓸 수 있도록 무난한 디자인을 선택했다.

"왠지 아직 익숙하지 않아서 조금 부끄럽지만요."

"으으응, 신경 쓸 거 없어. 탓군은 키가 크고 어깨가 넓으니까
정장이 잘 어울려. 나는…… 응, 좋아해. 탓군의 정장 차림."

"하하. 감사합니다."

의례적으로 하는 말일 수도 있지만 칭찬을 받고 나쁜 기분은
아니었다.

"하지만…… 인턴인데 정장을 입고 가야 해? '리리스타트'는
그렇게 딱딱한 회사가 아니었던 걸로 아는데."

"……일단 복장은 자유라고 들었는데, 그렇다고 해도 첫날 정
도는 정장을 입고 가는 게 좋을 것 같아서요. 함정일 가능성도
있고요."

"함정?"

"면접 같은 곳에서 평상복을 입고 오라고 적혀있다고 정말 평
상복을 입고 가면 망신을 당하는 거요."

내가 직접 경험한 적은 없지만, 구직 활동 매뉴얼 등을 읽으면
종종 이 '평상복 문제'에 대해 언급한다.

구직 활동 때 회사 쪽에서 말하는 '평상복으로 와 주십시오.'라는 건 어디까지나 검손한 표현이고, 구직자는 숨겨진 뜻을 파악하여 정장 또는 그에 준하는 격식 있는 복장으로 가는 게 매너라고 한다.

참으로 사람을 귀찮게 하는 짓이지만, 그게 사회의 매너라면 따를 수밖에 없다.

"그곳이라면 괜찮을 테지만…… 음, 그래. 정장을 입고 가면 어쨌든 문제가 없을 테니까."

그러더니 아야코 씨는 다시금 내 정장을 바라보다가, 목 부근에서 시선을 멈췄다.

"어라? 탓군, 넥타이가 약간 비뚤어졌어."

"엇…… 정말요?"

"응. 약간이긴 하지만."

손으로 확인해 봐도 영, 감이 오지 않았다.

넥타이 자체를 오랜만에 매는 데다, 침실에는 거울이 없었기 때문에 깔끔하게 매지 못한 모양이다.

"잠시만."

내가 바로 고치지 못하고 있자 아야코 씨가 손을 뻗었다. 조금 부끄러웠지만 턱을 살짝 들고 그녀에게 몸을 맡겼다.

나긋한 손가락이 넥타이의 위치를 고쳤다.

자연스럽게 서로의 얼굴이 가까워지며 묘한 민망함이 싹텄다.

"……전에도 이런 식으로 탓군의 넥타이를 고쳐준 적이 있었지."

"있었죠. 제가 고등학교에 막 입학했을 무렵이었던가요."

"그때는…… 아무 생각 없이 고쳐줬던 것 같아."

떠올린다.

그 무렵의 아야코 씨는 나를 이웃집 꼬맹이 정도로밖에 보지 않았다.

그래서 넥타이도…… 뭐라고 하지, 평범하게 고쳐주었다.

마치 늦둥이 동생이나 친척 조카의 옷을 고쳐주는 것처럼.

지극히 평범하게, 어른으로서 자연스러운 자세로.

당시의 나는 그런 그녀의 다정함이 조금 괴로웠다.

어린아이로 대하고, 남자로서 봐주지 않는다는 게 속상해서 견딜 수 없었다.

하지만 지금은—— 같은 상대가 같은 것을 해주고 있는데, 이렇게나 기쁘고 가슴이 충만한 기분이 든다.

"지금은 무슨 생각 하세요?"

"……어?"

내 질문에 아야코 씨의 얼굴이 조금 붉어졌다.

"따, 딱히, 아무 생각도 안 하는데……."

"신혼 같네요. 이런 거."

"……아, 알고 있으면서 묻지 마."

토라진 듯 소리친 뒤, 조금 억세게 넥타이를 매주는 아야코 씨였다.

같은 행위여도 옛날과 지금은 의미가 전혀 다르다.

우리의 관계와 감정이 변했으니까.

그것이 나는 너무나도 기뻤다.

최고로 행복한 모닝 루틴 덕분에 머리가 완전히 꽃밭이 되어서, 이런 상태로 오늘 제대로 인턴으로서 일할 수 있을까 걱정했으나…… 그렇게 들떠있던 머리는 만원 지하철을 타자 단숨에 냉정해졌다.

지옥이다.

도쿄의 만원 지하철은 지옥이다.

뭐, 아야코 씨도 지금 아침마다 같은 상황에서 출근하고 있으니, 이 정도로 우는소리를 할 수는 없다.

지하철에서 내려 역이 뱉어내는 인파의 흐름을 따라 목적지로 향했다.

주식회사 '리리스타트'.

내가 인턴으로 일하는 회사는 복합빌딩의 3, 4층에 있다고 한다.

아야코 씨의 '라이트십'도 마찬가지로 복합빌딩에 입주했다고 하고, 도시의 벤처 기업은 대체로 이런 느낌인 모양이다.

엘리베이터를 타고 3층까지 올라가자 담당자가 마중 나와 주었다.

"아, 잘 오셨습니다. 어서 오세요."

생글생글 웃으면서 말하는 밝은 머리카락의 남자.

목에 걸려있는 사원증에는── '요시노'라고 적혀있다.

"아테라자와지? 하하, 안녕. 요시노라고 해."

"처음 뵙겠습니다. 아테라자와 타쿠미입니다."

깊이 머리를 숙였다.

요시노 씨와는 몇 번 전화로는 대화했으나, 이렇게 얼굴을 보는 건 처음이었다.

살짝 곱슬곱슬한 갈색 머리카락에 피어스. 복장은 브랜드 로고 티셔츠와 청바지라는 지극히 편안한 스타일. 나이는 30대 초반이라고 들었는데, 패션 때문인지 상당히 젊어 보였다. 대학생이라고 해도 아슬아슬 먹힐 것 같았다.

"오늘부터 잘 부탁드립니다!"

"오. 기운이 넘쳐서 좋은데. 그래. 대학생은 이래야지."

요시노 씨가 밝게 웃으면서 내 어깨를 가볍게 두드렸다.

"그럼 따라와. 처음에는 회의실에서 설명해줄 테니까."

"네. 감사합니다!"

"아하하. 그렇게 긴장하지 않아도 돼. 우리는 꽤 수평적인 회사거든."

내 긴장을 간파한 건지 웃어넘기려고 하는 요시노 씨.

"아테라자와, 인턴은 처음이야?"

"네. 귀사가 처음입니다."

"그러니까 그런 건 됐다고. 귀사라니…… 면접도 아니고."

또 웃었다.

으음. 오이노모리 씨가 소개해준 곳이니 만에 하나라도 무례를 저지르지 않도록 상당히 기합을 넣고 왔는데…… 아무래도 느낌이 다른 것 같다.

"여기도 인턴을 시작한 건 올해가 처음이거든. 당연히 나도 인턴을 담당하는 건 처음이야. 그러니까 그렇게 격식 차리지 않아도 돼. 편하게 가자, 편하게."

"네……."

"복장도 정장이 아니어도 돼. 편하게 입고와도 괜찮으니까. 애초에 내가 복장은 자유라고 하지 않았어?"

"마, 말씀하셨지만…… 어쩌면 그렇게 말해도 제대로 정장을 입고 오는 게 사회의 매너일지도 모른다고 생각했습니다."

"아하하. 또 다른 애랑 같은 소릴 하네."

"……네?"

"그 애도 정장 입고 왔거든. 그렇구나. 성실한 애는 자유라고 하면 오히려 정장을 입고 온단 말이지. 내년부터는 조심해야겠어."

"저기, 또 다른 사람이라면……."

"인턴이 한 명 더 있거든. 아테라자와 말고도 도쿄의 대학생이 한 명 있어. 말 안 했던가?"

그건—— 처음 듣는다.

생각해보면 당연한 건가.

인턴이 한 명이라는 게 더 드물 것이다.

"그 애도 대충 5분 전에 왔어. 아직 조금 이르지만 둘 다 왔으니까 바로 설명 시작해야겠다."

그대로 요시노 씨를 따라가 안내해준 회의실에 들어갔다.

안에 있는 사람은—— 여성이 한 명.

구직자 특유의 깔끔하게 묶은 머리카락과 어두운색의 정장.

아마도 그녀가 나와 같은 인턴인 모양이다.

얼굴은 보이지 않지만 등을 곧게 펴고 앉은 그 자세에서는 넘쳐흐르는 긴장이 전해졌다.

"미안해, 혼자 기다리게 해서."

"……아, 아뇨. 괜찮습니다!"

요시노 씨가 말을 걸자 그녀는 힘차게 일어났다.

긴장이 뚝뚝 묻어나는 어색한 동작으로 몸을 돌려 이쪽을 보았다.

나와 눈이 마주친 순간——.

"어……."

그녀는 눈을 부릅뜨고, 나는 숨을 삼켰다.

"타, 타쿠미……?!"

경악한 얼굴로 그녀가 말했다.

고등학생 때와 같은 호칭으로 나를 불렀다.

그래서──일 테지.

나도 무심코, 전염되었다.

고등학생 때의 기억에.

"아, 아리사……?"

쉽게 믿어지진 않는다. 하지만 틀림없다.

헤어스타일도 화장도 복장도 고등학생 때와는 전부 다 다르지만── 그래도, 놀랐을 때의 목소리나 표정은 옛날과 완전히 똑같았다.

오다키 아리사.

그곳에 있던 사람은 고등학생 때 내 '여자친구'로 불리던 여자아이였다.

♥

"──네, 네. 정말로…… 사후 보고 형식이 되어서 죄송합니다. 돌아가면 한 번 제대로 인사하러 찾아갈 테니……. ……네, 감사합니다. ……아니에요. 탓군── 앗, 아니, 타쿠미는 무척 잘해주고 있죠. 오히려 제가 신세 진다는 느낌이고……. ……네, 네. 그럼 실례했습니다……."

전화라서 상대방의 얼굴은 보이지 않는데도 거듭 허리를 숙였다. 일본인 특유의 버릇이라고 하지만…… 그래도 지금은 저자세로 나갈 수밖에 없다.

"……하아."

통화가 끝난 뒤 소파에 앉아 한숨 돌렸다.

상대는—— 토모미 씨.

탓군의, 즉 내 남자친구의 어머니.

이번 동거에 대해 전화상이긴 해도 인사를 했다.

사전에 탓군이 이야기해서 이미 허락은 받았다고 했지만, 그래도 여자친구로서…… 아니, 한 명의 성인으로서 한 마디 정도 인사는 해두고 싶었다.

새삼 생각하니…… 고작 석 달이라고 하나 동거라는 문제를 사후에 허락받은 건 상당한 매너 위반인 느낌이다.

토모미 씨는.

『괜찮아. 그런 건 신경 쓰지 않아도 돼. 아야코 씨는 자기 일을 열심히 해. 타쿠미는 방해가 된다면 쫓아내도 되니까.』

라면서 참으로 가볍게 대답해주셨지만…… 아아, 역시 면목이 없다.

속으로는 무슨 생각을 하고 있을지 넘겨짚게 된다.

뭐, 동거는 두 사람의 문제이니 부모의 허락 같은 건 필요 없다는 사고방식도 있을지도 모르지만.

탓군은 이미 성인이고…… 아니, 하지만 성인이 되었다고는 해도 아직 부모에게 부양을 받는 대학생이다. 그렇기 때문에 뭘 하든 먼저 탓군의 부모님에게 허가를 구하는 게 좋을 것 같은데……. 아아, 하지만 이런 건 탓군을 어린아이로 대하는 셈이 되는 걸까…….

으…… 모르겠다.

정답을 통 모르겠다.

뭘 해야, 어떤 식으로 해야 세간의 기준으로 올바른 일인지──.

"……음, 정답 같은 건 없으려나."

홀로 중얼거렸다.

원래 연애에는── 정답 같은 건 없을 테지.

사람은 저마다, 십인십색의 연애가 있다.

부모나 세간과 맞추는 방식도 역시 사람마다 다르다.

일단 정석이나 정형 같은 건 있을 테지만, 그렇다고 해서 그걸 따르는 게 정답인 건 아니다.

하물며 우리는── 10살이 넘는 나이 차이가 나는 커플.

조금 특이한 형태의 연애를 하고 있으니, 세간 일반의 정답 같은 것에 매달리는 건 잘못된 선택이겠지.

정답의 모양은 우리가 직접 찾아야만 한다.

"……앗. 큰일이다, 벌써 시간이."

마음을 다잡고 나는 서둘러 집안일을 시작했다.

오후부터는 출근해야 하니, 오전 내에 할 수 있는 일은 해 두자.

먼저—— 빨래.

세면실로 이동해서 바구니 안에 있는 옷을 세탁기에 넣었다.

그러던 도중—— 불현듯 손이 멈췄다.

시야에 들어온 탓군의 셔츠.

그가 어제 재킷 속에 입었던 것——.

"……헉."

셔츠를 응시한 채 굳어있던 자신을 깨닫고 정신을 차렸다.

아니.

아니, 아니, 아니지.

무, 무슨 생각 하는 거야?!

탓군의 셔츠로 무슨 짓을 하려고 했는데?!

안 돼……. 그러면 안 돼.

여자친구라고 해도…… 해도 되는 일과 안되는 일이 있지!

하, 하지만—— 그러고 보면 탓군도 내 속옷을 빨았잖아.

브래지어도, 팬티도.

꼼꼼하게 태그까지 확인하면서.

그렇다면…… 나도 조금쯤은 장난을 쳐도 천벌이 떨어지진 않겠지?

저쪽은 속옷을 마음대로 만졌으니, 셔츠 정도는——.

"…………."

필사적으로 스스로에게 변명한 뒤, 나는 다시 그의 셔츠와 마주 보았다.

두리번두리번.

누가 있을 리도 없지만 그래도 세심하게 주위를 확인한 뒤——하얀 셔츠에 조심조심 얼굴을 묻었다.

우와…….

희미하지만 탓군의 냄새가 난다.

스쳐 지나갈 때나 포옹할 때 문득문득 느끼는 그의 냄새. 동거 생활을 시작한 뒤로 그 향기를 실감하는 순간이 늘어난 느낌이 든다.

가슴은 쿵쿵 뛰는데 마음은 무척 차분해지는 듯한 신기한 감각.

왠지 탓군에게 둘러싸여 있는 것 같다.

어쩌지.

이거…… 입어 봐도 괜찮으려나?

분명 이런 걸 남친 셔츠라고 부르는——.

부르르.

그때.

세면대에 올려두었던 스마트폰이 진동했다.

"~~~?!"

깜짝 놀란 나머지 심장이 늑골을 열고 튀어나오는 줄 알았다.

셔츠를 세탁기에 우악스럽게 쑤셔 넣은 뒤 허둥지둥 전화를 받았다.

"……네. 아, 괜찮습니다. 시간대로 부탁드립니다. 네……."

택배 시간을 확인하기 위한 전화였다.

생활을 시작한 뒤에 부족했던 물건을 미우에게 부탁해서 보내 달라고 했는데, 그게 곧 도착하는 모양이다.

"……하아~~."

크나큰 한숨을 내쉬며 그 자리에 비틀비틀 주저앉았다.

아아, 진짜. 심장에 안 좋게.

그보다…… 나는 뭘 하고 있었던 거지?

남자친구가 입었던 셔츠의 냄새를 맡으며 몽롱하게 취하다 니…… 왠지 변태 같잖아.

욕구불만 같잖아.

"…………."

의도치 않게 시작한 남자친구와의 동거생활.

이전까지보다 같이 있는 시간이 훨씬 늘어났고, 지나칠 정도 로 즐겁다.

그런데도—— 아니.

그렇기 때문에.

거리가 가까워지고 말았기에—— 점점 욕망이 크기를 늘려간다.

더, 더 그를 원하게 되는 내가 있다.

"……빨리 탓군을 보고 싶어."

아직 헤어진 지 몇 시간도 지나지 않았는데 그런 소릴 중얼거렸다.

아무튼 속이 답답했고── 어느 의미로는 태평했던 거지.

이 앞에 기다리는 시련도 알지 못한 채──.

제6장
교제와 비밀

♠

고등학생 때——.

오다키 아리사에 관한 온갖 것들이 대충 해결된, 그 후의 일이다.

나는—— 그녀에게 고백을 받았다.

좋아해.

사귀어 줘.

진짜 남자친구가 되어줘.

——라고.

진지한 고백이었다고 생각한다.

진지하고, 진실하고, 열렬한 고백이었다.

여자에게 고백받는 게 난생처음이었던 건 아니다.

수영으로 현 대회에 출장한 뒤 제대로 대화해본 적도 없는 후배에게서 고백받거나 편지를 받은 적은 있었지만…… 그러한 고백과는, 뭐라고 해야 할까. 무게가 달랐다.

표정이나 말에서 절절한 진심이 전해졌다.

하지만.

아무리 진지하고 진심이 담긴 고백이라고 해도 내 대답은 정해져 있었다.

"——미안해."

단호하게, 확실하게, 나는 대답했다.

"고백해줘서 고마워. 마음은 무척 기뻐. 하지만…… 미안해. 나는 아리사의 남자친구가 될 수 없어."

"……아하하."

아리사는 얼버무리듯이 웃었다.

"그, 그렇겠지. 알고 있었어. 나야말로 미안해, 고백해서."

부자연스러울 정도로 밝은 목소리였다. 아득바득 가볍게 넘기려고 했지만, 그 눈에는 눈물이 맺힌 것처럼 보였다.

"타쿠미는 그냥 부탁을 받아서 해줬던 것뿐이니까. 나에게 친절하게 대해준 것도 그냥 타쿠미가 친절한 사람이라 그런 거고…… 아하하. 아이코, 착각해버렸네. 한 번 정도는 기회가 있는 줄 알았는데."

"…………."

"저기, 참고로…… 거절한 이유를 가르쳐줄 수 있을까? 고칠 수 있는 점이 있다면 최대한 노력해보고 싶은데……."

당장에라도 울 것 같은 얼굴로 하는 말에 가슴이 조여드는 것처럼 뻐근했다.

"……이라사에게 문제가 있는 게 아니야."

단호하게 말했다.

진지한 고백에 돌려줄 수 있는 최대한의 성의로 대답했다.

"나는 따로 좋아하는 사람이 있어."

오후 5시가 지난 시각——.

인턴 첫날이 끝난 뒤, 나는 오다키 아리사와 함께 역을 향해 걸어갔다.

같은 역에서 지하철을 타야 하기 때문에 자연스럽게 그렇게 되었다.

"와…… 깜짝 놀랐어. 설마 이런 식으로 타쿠미와 재회하다니. 세상은 의외로 좁구나."

옆에서 걷는 아리사는 즐겁다는 듯 말을 걸었다.

"아리사……. 도쿄에 있는 대학에 갔구나."

"그래. 지금은 혼자 살아. 타쿠미는 지역 대학에 다니지?"

"응."

"그런데 용케 이쪽에서 인턴을 할 마음을 먹었네."

"설명하자면 길어지지만…… 아는 사람이 소개해줬어."

"아. 나도 그래. 대학교에서 같은 동아리였던 선배가 '리리스타트'에 취직해서, 그 연줄로 인턴을 하게 해 줬거든."

대단한 우연이다.

토호쿠를 떠나 도쿄의 회사에서 인턴을 하게 되었더니, 토호쿠를 떠나 도쿄의 대학에 진학했던 아는 사람과 재회하다니.

뭐…… 아무리 생각해도 내가 특이한 거지만.

저쪽은 대학교 선배라는 비교적 흔한 인맥을 사용한 것에 비해, 나는 상당히 복잡하게 엮여있으니까.

"있잖아. 타쿠미는 내일 옷 어떻게 할래?"

"사복 입어야지. 대충, 어느 정도 격식을 차린 사복으로."

"나도 그러려고. 하아…… 실수했어. 흔히 듣는 '평상복 함정' 같은 거라면 큰일이니까. 정장을 입으면 손해 볼 건 없다고 생각했는데…… 설마 그렇게까지 웃을 줄이야."

"하하. 나도 완전히 똑같은 이유야."

"그렇지? 보통은 그렇게 생각하지? 요시노 씨, 구직하는 대학생의 섬세함을 전혀 이해하지 못했다니까."

서로의 실수를 두고 웃는다.

왠지 신기한 기분이었다.

설마 아리사와 다시 이렇게 대화하게 되다니.

솔직히…… 고등학교를 졸업한 뒤로 다시는 만날 일이 없을 줄 알았다.

내 쪽에서 연락을 하려고 생각한 적도 없고, 상대방도 그럴 것이다.

왜냐하면.

우리의 마지막은——.

"……어쩐지, 그립다."

불현듯 표정에 그림자를 드리운 아리사가 말했다.

"이렇게 둘이 같이 걸어가니까 고등학생 때 생각이 나. 학교에서 돌아가는 길에 역까지 같이 걸어갔잖아."

"………."

"그때는 미안해. 나를 위해 이상한 일을 시켜서."

"……아니야."

"막연히…… 이제 만날 일은 없을 거라 생각했어. 무슨 얼굴로 만나야 할지도 몰랐고, 만나도 거북할 뿐이라고 생각했으니까. 하지만."

아리사는 말을 이었다.

옛날과 다름없는, 화사한 미소를 지으며.

"오늘 타쿠미와 만나서 다행이야."

진심으로 웃는 듯한, 정말로 개운해 하는 미소였다.

"뭐라고 하지……. 그 왜, 충격 요법 같은 느낌? 내가 먼저 연락하는 건 도저히 불가능했는데, 이런 식으로 딱 마주치니까 너무 놀라서 거북해할 여유도 없단 말이지."

"………."

"막상 해보면 쉽다는 말이 사실인가 봐. 와, 이거 운명적인 만남에 감사해야 하나? 분명 신이 우리를 배려해준 거야."

"……아리사, 어쩐지 옛날보다 분위기가 밝은 것 같아."

"어? 그래? 으음…… 음, 그럴지도. 이쪽 대학에서 즐겁게 잘 지내니까. 토호쿠의 시골뜨기였던 나와는 다르단 말씀."

농담처럼 말하고는 짓궂게 웃는다.

확실히── 다를 것이다.

나도 아리사도 그 무렵과는 다르다.

나이도, 학교도, 입장도, 사는 세계도.

그리고—— 사귀는 사람도.

"있지, 모처럼 이렇게 만났으니까 재회를 기념하며 어딘가에서 한잔할래?"

잔을 기울이는 시늉을 하며 가볍게 제안하는 아리사.

"나 싸고 맛있는 가게 많이 아니까, 소개해줄게."

"……사양할게."

나는 작게 고개를 저었다.

"어? 왜? 그야 내일도 출근해야 하지만, 너무 늦게까지 마시지 않는다면 괜찮잖아? 아니면 타쿠미, 술 못 마셔?"

"그게 아니라."

나는 말했다.

단호하게 말했다.

"나 지금, 사귀는 사람이 있어."

"…………."

아리사는 눈을 동그랗게 뜨고 순간 걸음을 멈췄다.

그건 알았지만, 나는 발걸음을 늦추지 않고 계속 걸어갔다.

"그래서…… 여자와 단둘이 술을 마시러 간다거나 하는 건, 좀."

"……오……. 그렇구나."

아주 잠깐의 정지 후 아리사가 뒤를 따라왔다.

"언제부터 사귄 거야?"

"최근이야. 얼마 안 됐어."

"같은 대학?"

"아니……. 하지만 토호쿠 사람이야."

"흐음. 그렇구나, 그렇지. 그럴 수도 있지."

아직 좀 놀란 듯 아리사가 말을 이었다.

"하지만…… 오랜만에 만난 친구와 술 한잔하는 것 정도는 괜찮지 않아? 혹시 여자친구가 빡빡해? 속박하고 그래?"

"상대방이 뭐라고 하는 건 아니야. 내가 어떻게 하고 싶냐는 것뿐이지."

"우와, 폼 잡기는."

놀리듯이 말한 뒤, 아리사는 묘한 미소를 지었다.

고등학생 때는 보여주지 않았던, 조금 어른스러운 표정이었다.

"변하지 않았구나. 타쿠미는. 고등학생 때부터 생각했어. 타쿠미의 여자친구가 될 사람은 행복할 거라고."

"…………."

"음, 알았어. 그렇다면 관두는 게 낫겠네. 술은…… 다음에, 다른 사람도 있을 때 같이 가는 걸로."

그런 대화를 하는 사이에 역에 도착했다.

"그럼 나는 이쪽 노선이니까."

"그래."

"내일 봐."

아리사는 손을 흔들며 인파 속으로 섞여 들어갔다.

그녀를 배웅한 뒤 내가 이용하는 플랫폼으로 향했다.

머릿속은…… 뭐라 말할 수 없는 답답함으로 가득했다.

어디 보자.

이 상황, 어떻게 해야 할까.

집에 돌아간 뒤에도 머릿속으로는 오다키 아리사에 대해 생각했다.

그녀에 대해 아야코 씨에게 말해야 하나, 말하지 않아야 하나.

딱히 말할 필요는 없을 것이다.

나와 아리사의 지금 관계는 우연히 만난 '옛 같은 반 학생'이고 그 이상도 그 이하도 아니다.

굳이 보고하는 게 이상한 느낌이 든다. 불륜하는 남자가 그날에만 아내에게 하루 스케줄을 보고하는 듯한…… 그런 부자연스러운 어필처럼 보일 것 같다.

일일이 말하는 게 오히려 더 수상하다.

하지만.

말을 하지 않는 것도, 그건 그거대로 속이는 느낌도 든다.

양심에 찔리는 것이 아무것도 없다면 말하는 게 나을지도 모

르지만── 그래도, 그렇게 되면…… 어디까지 이야기할지에
대한 문제도 나온다.

고등학생 때.

나와 아리사 사이에 무슨 일이 있었는지 전부 말해야 하는 걸까.

솔직히…… 말하고 싶진 않다.

내가 말하면서 즐거운 화제도 아니고, 아야코 씨도 듣기에 즐
거운 이야기는 아닐 것이다.

고등학생 때 나와 아리사 사이에 무슨 일이 있었는지는──.

"──군. 탓군."

"어. 아, 네."

저녁 식사 시간──.

이름을 부르는 목소리에 고개를 들자, 식탁 맞은편에 앉은 아
야코 씨가 걱정하며 이쪽을 바라보고 있었다.

"그…… 죄송합니다. 무슨 이야기를 하고 있었죠?"

"물 한 잔 더 필요하냐고 물어봤는데……."

"아, 네. 부탁드립니다."

허둥지둥 컵을 내밀었다.

아아, 한심하다.

아야코 씨를 무시해버리다니.

그리고 직접 만들어준 요리를 먹는 도중에 딴생각을 해버리다니!

"괜찮아? 어쩐지 멍한 것 같았는데."

자기혐오에 빠져있었더니 부엌에서 돌아온 아야코 씨가 보리차를 따른 컵을 내밀며 말했다.

"……죄송합니다. 잠깐 생각 좀 하느라."

"인턴…… 역시 힘들었어?"

"아뇨, 인턴 자체는 그다지……. 오늘은 거의 설명과 인사만 하고 끝났거든요."

"그래? 그런 것치고는 뭔가 고민하는 느낌이었는데."

"딱히 고민한 건……."

"무슨 일이 있다면 뭐든 상담해줘."

아야코 씨는 부드러운 미소를 지으며 말했다.

여신과도 같이 아름답고, 그리고 따스한 미소였다.

"일에 관한 거라면 탓군보다는 살짝 선배니까. 곤란한 일이 있으면 약간은 힘이 되어줄 수 있을 거야."

"아야코 씨……."

"……뭐, 살짝이 아니라 상당히 선배지. 회사를 다닌 지 10년 정도 지났으니……. 이미 선배를 넘어서 OB지만. 올드비……."

"아앗, 우, 우울해하지 마세요."

한 번 제지한 뒤.

"……감사합니다."

나는 그렇게 말을 이었다.

"인턴으로 무언가 일이 생기면 아야코 씨에게 상담할게요."

대담한 순간── 가슴이 욱신거렸다.

그걸 얼버무리듯이 남아있던 밥을 삭삭 털어 넣었다.

텅 빈 밥그릇을 들고 의자에서 일어났다.

"한 그릇 더 퍼올게요."

"정말? 탓군 거는 꽤 수북하게 담았는데."

"아야코 씨의 요리는 맛있어서 자꾸 과식하게 되더라고요."

"에이. 칭찬해봤자 아무것도 안 나오거든?"

함께 웃으면서도, 내 마음에는 작은 그림자가 드리웠다.

결국, 이날── 오다키 아리사에 대해서는 말하지 않았다.

고민한 끝에 내린 합리적인 판단, 은 아니다.

아야코 씨에게 괜한 걱정을 끼치고 싶지 않다는 게 가장 큰 본심이지만── 그래도, 결국은 그저 무서웠던 것뿐일지도 모른다.

무섭다.

그래. 나는 무섭다.

지금 이 순간이 너무나도 행복하니까, 잃어버리는 게 무섭다.

나는 지금 10년 동안 간절히 바라왔던 꿈속에 있다.

이 행복하기 그지없는 두 사람의 세계에 아주 조금이라도 괜한 잡음은 들여놓고 싶지 않다고, 그렇게 생각하는 내가 마음속 어딘가에 있었다.

제7장
욕구와 불만

♥

"──아테라자와의 상태가 이상하다고?"

"……네."

되묻는 오이노모리 씨의 말에 나는 작게 고개를 끄덕였다.

잔에 담긴 레몬 사와를 조금 마셨다.

동거를 시작한 지 며칠이 지나 처음으로 맞는 금요일.

장소는── 술집의 룸.

조금 가격대가 나가는 곳으로, 오이노모리 씨가 데려와 주었다.

일단 내 도쿄 부임을 기념하는 친목회라고 한다.

처음엔 동료를 불러서 대대적으로 할 예정이었다고 하는데, 내가 완강하게 반대했다. 왜냐하면…… 부끄럽잖아. 고작 석 달 동안 도쿄에서 근무하는 것뿐인데 사람들을 잔뜩 불러 모아서 회식이라니. 아무리 그래도 좀 면목이 없다.

그런 고로── 오이노모리 씨와 둘이서만 하는 환영회.

술이 들어가기 시작한 지 30분 정도 지났을까.

처음에는 일 이야기를 했지만, 서로 두 번째 잔을 부탁했을 쯤부터 점점 내 동거생활로 화제가 넘어갔다.

"이상하다니, 구체적으로 뭐가 어떻게 이상한데?"

"그게…… 그렇게까지 극적으로 이상한 건 아니지만요."

나는 지난 며칠 동안 그의 태도를 떠올리며 대답했다.

"대화해보면 평범한데, 가끔 무척 오묘한 표정으로 생각에 잠길 때가 있어서요. 인턴 하러 간 날부터 그랬는데……."

"흐음."

맞장구를 치면서 위스키 온 더 록을 마시는 오이노모리 씨.

"마침 그저께 '리리스타트' 쪽 사람과 만날 기회가 있어서 겸사겸사 아테라자와에 대해서도 물어봤는데…… 그 사람에게 듣는 한 딱히 문제는 없는 것 같더군. 일을 익히는 것도 빠르고, 예의 바르고, 요즘 보기 드문 착한 학생이라며 제법 평가가 좋았어."

일 관련으로 고민하는 건 아닌 모양이다.

그렇다면 탓군은 뭘 고민하는 걸까.

혹은 전부 내 노파심인 걸까.

그런 거라면 그게 더 낫지만.

"일이 아니라면…… 역시 카츠라기와의 생활이 아닐까?"

"역시 그렇겠죠?"

새로운 생활, 새로운 환경.

하물며 탓군은 첫 도쿄 생활.

여태까지 일 관련으로 몇 번 온 적이 있는 나보다 훨씬 부담이 클지도 모른다. 내가 모르는 곳에서 무언가 스트레스가 쌓여버린 건지도…….

"고민하고 있을지도 모르지. 카츠라기와의 성생활에 대해서."

"……쓸데없는 한 글자가 늘어났는데요."

한 글자 늘어나기만 해도 의미가 상당히 달라진다.

날카롭게 노려보았지만 오이노모리 씨는 쿡쿡 웃을 뿐이었다.

"아니, 진지하게 하는 소리야. 성적인 고민은 딱히 사춘기 학생에게 한정된 게 아니니까. 어른도 당연히 고민하는 문제지."

"…………."

"솔직히 털어놓고 말해서. 어때? 동거한 지 일주일 가까이 지났는데, 밤 생활은 잘하고 있어? 서로 경험이 없었으니 무언가 문제나 불협화음이 생겼어도 이상하진 않다고 보는데……."

"무, 무슨 말씀이세요! 정말. 그런, 문제나 불협화음이라니……. 애초에 저희는, 아직 한 번도……."

"……뭐?"

그 순간 오이노모리 씨가 노골적으로 놀란 표정을 지었다.

놀람을 넘어서 질겁한 듯한 얼굴이었다.

"아직, 안 했다고?"

"…………."

"한 번도……?"

"…………."

"페팅 정도는——."

"없어요! 아무 일도 없었어요!"

부끄러운 나머지 그만 버럭 소리쳤다.

"뭐 어때요! 저희에게는 저희의 속도가 있다고요!"

"……아니, 비난하려는 건 아니야. 그저 경악했을 뿐이지. 막 사귀기 시작한 커플이 한 지붕 아래에 동거하면서 일주일 가까이 아무 일도 일어나지 않았다니. 중학생 커플이라면 모를까 둘 다 성인인데 말이야."

오이노모리 씨는 쓴웃음을 지으며 말을 이었다.

"한 번도 그런 분위기가 형성되지 않은 건가?"

"……처, 첫날 밤에, 조금 그런 느낌은 있었지만요……. 그런데."

"그런데?"

"탓군이 어영부영하게 되는 건 싫다고, 이 동거는 둘이서 대화하고 정한 게 아니라면서……."

"……풉. 아하하하! 정말이지, 황당할 정도로 결벽적이고 고지식한 남자구나. 아테라자와는."

웃음을 터트리는 오이노모리 씨.

"뭐, 나와 함께 카츠라기를 속인 것에 죄책감을 느끼는 부분도 있을지도 모르지만…… 그렇다고 해도 조금 지나친걸."

"……오이노모리 씨는 조금 더 죄책감을 느끼는 게 좋지 않을까요."

"그래, 그래. 카츠라기는 사랑하는 그이가 손을 대지 않아서 욕구불만이 쌓였다 이거지?"

"무, 무슨 말씀이세요! 저는 딱히…… 아무런 불만도 없으니까요. 탓군이 신사라서 아주 기뻐요."

"정말로?"

조금 붉어진 얼굴로 놀리듯이 묻는다.

술이 들어갔기 때문인지, 질척거리는 게 평소보다 3할 더 집요하다.

"모처럼 술자리잖아. 괜한 쑥스러움이나 고집은 버리고, 여자끼리 가랑이를 터놓고 대화하자고."

"속을 터놓는 거죠, 속을! 가랑이는 터놓지 마세요!"

아, 진짜. 섹드립이 저질이야!

술자리 무서워!

"정말…… 적당히 좀 하세요. 저는 이런 거 싫어한다고요……. 술을 마셨으니 오픈 마인드가 되자 하는 거."

단호하고, 딱 부러지게 말했다.

"저는 술을 마셨다고 자제심을 잃어버리지 않으니까요."

그런 선언…… 이라고 해야 할지, 진지한 호소로부터 대략 1시간 뒤.

레몬 사와를 네 잔 정도 마셨을 때.

"……아 그래요, 욕구불만이에요, 뭐 문제 있어요?! 스스로도 어떻게 해야 할지 알 수 없어서 난감하다고요! 으으…… 허어엉."

나는 완전히 취해서 자제심을 날려버리고 말았다.

여러모로 오픈 마인드가 되고 말았다.

감정에 맡겨서 소리친 뒤 테이블에 엎드렸다. 아아, 안 돼. 머리가 멍하다. 머릿속의 이성과 판단력을 주관하는 부분이 깔끔하게 마비된 느낌이다.

"워워. 착하지."

"으으…… 오이노모리 씨이……."

우는 건지 진상을 부리는 건지 잘 알 수 없는 술주정이 나왔다. 아직 살짝 냉정한 자신도 있지만…… 뭐 됐어.

알코올에 전부 맡겨버리자.

오이노모리 씨 쪽은 조금 전과 크게 달라지지 않았다. 계속 레몬 사와만 마시는 나와는 대조적으로 이것저것 종류를 바꿔서, 지금은 작은 술잔으로 일본주를 즐기고 있다.

"애초에…… 탓군이 치사하다니까요. '좋은 추억으로 만들고 싶다'는 둥, '제 마음의 준비가 될 때까지 기다리겠다'는 둥…… 그렇게 멋있는 말을 들으면 저는 아무 말도 할 수 없게 되잖아요!"

"그래, 그렇지."

"아니…… '마음의 준비'가 뭔데요?! 네? 저는 준비가 되면 준비 다 됐다고 직접 말해야만 하는 거예요?! 그거 어마어마하게 장벽이 높지 않아요?!"

"흠흠."

"무, 물론 탓군이 나쁘다는 건 아닌데요. 저를 배려해주는 건 정말로 기쁘고……. 하지만, 그…… 탓군이 다정하고, 너무 완벽하니까…… 혼자 끙끙 고민하는 제가 왠지 굉장히 엉큼하다는 생각이 들어서……."

"그렇구나."

막상 말문이 터지자 푸념이 멈추지 않았다. 오이노모리 씨는 조용히 맞장구를 치면서 이야기를 들어주더니, 내가 잠시 멈췄을 때 정리하듯 말했다.

"요컨대 빨리 안아달라?"

"우악스러운 요약!"

"아닌가?"

"아, 아니…… 아니, 아닌 건 아닐지도 모르지만…… 조, 조금 더 표현을 다르게 해달라고 할까……."

이쪽에도 나름대로 사정과 갈등이 있으니까, 간단하게 뭉뚱그리지 말았으면 하지만…… 그래도, 결국은 그렇게 되는 걸까.

우와…… 부끄러워.

결국 나는 그냥 남자친구가 안아주지 않아서 불만인 거야……?!

"딱히 부끄러워할 일은 아니지. 여자에게도 성욕은 있으니까. 사랑하는 그이와 같이 살면 끙끙 앓게 되는 것도 필연이야."

"저, 정말인가요?"

"그래. 평범한 거다."

"그, 그럼, 최근 사흘 정도 연속으로 야한 꿈을 꾸는데…… 그것도 평범한 건가요?!"

"……그건 조금 평범하지 않을지도 모르겠군."

평범한 게 아니었어!

배신당했어! 깜빡 넘어가서 그냥 부끄러운 고백을 하고 말았어!

"뭐, 신경 쓰지 않아도 돼. 애초에 고민하는 건 너만이 아닐 테니. 아테라자와도 상당히 욕구불만이 쌓였을걸."

"탓군도……."

"어쩌면 지금도 집에서 혼자 자가발전하고 있을지도 모르지."

"자가……?! 무, 무슨 소릴 하시는 거예요!"

"평범한 거잖아. 남자는 대부분 그렇게 성욕을 처리하니까. 하물며 아테라자와는 10년 동안 너를 짝사랑했잖아? 여태까지 몇 번이나 널 반찬으로 삼았을지 알 수 없는 노릇이지."

타, 탓군이 나를 반찬으로……!

그건 즉…… 나로 망상하면서…… 어, 어억?!

정말로?! 그런…… 잠깐…… 어?!

"저런. 동정 커플이란 참으로 고난이구나."

쓴웃음을 지으며 말하는 오이노모리 씨.

"아테라자와도 아테라자와대로 조금 문제가 있어. 그는 아무래도 손을 대지 않는 게 배려이고 성실함이라고 착각하는 모양이야."

"…………."

"아니, 어쩌면 단순하게 무서워하는 건지도 모르지."

"무서워한다……."

"그는 10년 동안 계속 너를 짝사랑했잖아? 그에게 카츠라기 아야코는 이미 단순한 이성이 아니라…… 여신과도 같은 존재일지도 몰라. 연애 대상인 것과 동시에, 숭배나 신앙의 대상이기도 한."

"여, 여신이라니."

"그는 더없이 경애하는 여신님에게 만에 하나라도 상처 주고 싶지 않은 거겠지."

"…………."

"물론 카츠라기의 문제도 크고."

"저도……."

"그가 안아주지 않는 게 불만이라면, 그가 참을 수 없을 만큼 섹시한 모습으로 유혹하면 돼."

"무슨……!"

"아니면 네가 먼저 자빠트려도 되고."

"무, 무리예요. 그런 건……."

"어째서?"

"그야…… 부끄럽고……. 게다가, 역시 저도…… 무서우니까요."

나는 말했다

무섭다. 호기심도 있고 욕구도 있지만, 비슷한 크기의 공포도 있다.

행위 자체에 대한 공포도 있지만 그 이상으로——.

"탓군은 저를 무척 칭찬해줘요……. 겉모습도 내면도…… 제 전부를 좋아한다고 말해주었죠. 물론 아주 기쁘지만…… 그래도, 그렇기 때문에 그 기대를 저버리는 게 무서워요……."

아무리 그래서 여신은 과언이라고 보지만…… 그래도 확실히, 탓군은 나를 과도하게 띄우며 미화하는 경향이 있다.

이런 30대 여자에게는 과분할 정도의 말을 아낌없이 쏟아준다.

기쁘다. 당연히 기쁘다.

좋아한다고 말해주니 그 기대에 부응하고 싶고—— 그리고 기대에 미치지 못하는 게 무섭다. 그가 실망하는 게 무섭다.

"……탓군 안에서 저는 아마, 이런 성욕 몬스터 같은 느낌이 아닐 테니까요."

"성욕 몬스터라니."

"제 쪽에서 들이대고…… 그랬다가 탓군이 환멸을 느끼면 어떡하죠."

"환멸이 좋은 거야."

오이노모리 씨는 말했다.

술잔을 기울이며, 별것 아니라는 양.

"환멸이란 '환상(幻)이 없어진다(滅)'는 거잖아. 편견과 착각으

로 덧바른 환상 같은 건 잽싸게 깨버리라고 해. 카츠라기 아야
고는 여신도 환상도 아닌―― 살아있는 인간이니까. 물론 아테
라자와 타쿠미도 마찬가지지."

"…………"

"살아있는 인간끼리, 더 알몸으로 부딪치는 게 좋아."

그 말은―― 취한 머릿속에 강하게 울려 퍼졌다.

"참나…… 간단한 이야기를 용케 이렇게까지 복잡하게 꼬아놓
는구나. 무시무시해."

기가 막힌다는 듯한 어조로 시니컬하게 말하는 오이노모리 씨.

그러다가 문득 생각났다는 듯.

"하지만…… 그러네."

말을 이었다.

"소위 '남자의 성욕은 10대 후반에 절정을 찍고, 여자는 30대
초반에 절정을 찍는다'고 하는데…… 새삼 생각해보니 너희 두
사람은 딱 그 시기잖아."

절절하게 말했다.

"한 번 해버리면 쌓일 대로 쌓였던 만큼 어마어마해지겠는데."

"~~~~!"

뭐라고 대꾸해야 할지 알 수 없어 나는 남아있던 레몬 사와를
단숨에 비웠다.

오후 9시가 넘어간 뒤에 우리는 가게에서 나왔다.

"괜찮아? 카츠라기."

"괘, 괜찮습니다. 그렇게 많이 취하진 않았으니까요……."

입으로는 허세를 부렸지만, 솔직히 상당히 취했다.

인사불성이 될 정도까지는 아니어도…… 머리가 아주 몽롱하다.

"……좀, 오랜만이라서 조절에 실패했어요."

"후후. 대화 내용도 내용이었으니."

오이노모리 씨 쪽은 나보다 두 배 정도 더 마셨는데도 쌩쌩했다.

심지어 아직 부족하다며 이따가 혼자 마시러 간다고 했다.

같이 마시는 건 몇 년 만인지 알 수 없지만, 40살을 넘겨도 술고래는 건재한 모양이었다.

"그럼…… 오이노모리 씨, 오늘은 잘 얻어먹었습니다."

"이봐, 혼자 어디에 가려고?"

가볍게 인사한 뒤 돌아가려고 하자 오이노모리 씨가 불러 세웠다.

"네……? 그야 오이노모리 씨는 더 마시러 가실 거잖아요?"

"그렇다고 혼자 돌아갈 생각인가? 그렇게 비틀거리는 걸음으로."

"괘, 괜찮아요. 택시 정도는 잡을 수 있어요."

"마중 나올 사람 불러놨으니까, 잠시 기다려."

"……마중?"

되묻는 목소리와 거의 동시였다.

"──아야코 씨."

번화가의 인파 속에서 탓군이 뛰어왔다.

"어?! 탓군…… 어, 어째서?"

"내가 불렀지."

오이노모리 씨가 천연덕스럽게 말했다.

"밤의 번화가를 혼자 걷게 할 수는 없으니까."

득의양양하게 말한 뒤 마중 나온 탓군 쪽을 보았다.

"그럼 아테라자와, 뒷일은 부탁하지. 나는 조금 더 밤거리를 즐길 테니까."

멋있는 말을 남기고, 그녀는 번화가의 인파 속으로 섞여 들어갔다.

토호쿠와는 달리 지상의 불빛으로 하늘의 별이 잘 보이지 않는 밤──.

우리는 역 근처 택시 승강장을 향해 걸어가고 있었다.

"탓군…… 미안해. 굳이 데리러 오게 해서."

"신경 쓰지 마세요. 뭐라고 하나…… 이런 것도 남자친구가 할 일이니까요."

조금 기쁘다는 듯 말하는 탓군.

"혼자 기다리는 게 더 조마조마했으니까요. 취한 아야코 씨가 밤의 도쿄를 혼자 걸으면…… 10걸음에 한 번씩 헌팅을 받을 것 같은걸요."

"도, 도쿄에 대한 편견이 대단한데……."

그리고 변함없이 내 평가가 높다.

나를 절세미녀라고 생각하는 것 같다.

"아야코 씨, 걷는 게 힘들면 말씀해주세요."

"괘, 괜찮아. 괜찮아. 그렇게 취하진 않았어."

"취한 사람은 다 그렇게 말해요."

"취하지 않은 사람도 그렇게 말해."

단호하게 말했다.

아아, 부끄러워라.

탓군은 신경 쓰지 말라고 했지만, 역시 조금 한심한 기분이 든다. 나이를 먹을 대로 먹은 어른이 취해서 데리러 와 달라고 하다니.

게다가.

조금 전까지 대화했던 내용이 내용인 만큼── 자꾸만 의식하게 된다.

몸이 타는 듯이 뜨겁고 머리가 어질어질하다.

알코올 때문인 건지, 평소보다 더 이상한 생각만 하게 된다.

"곧 도착해요, 아야코 씨."

점점 역이 가까워졌다.

조금 걷는 속도를 올린 그의 등을 멍하니 바라보면서 마음속으로 질문을 던졌다.

있잖아. 탓군.

탓군은…… 만약 내가 적극적으로 유혹하면 어떤 표정을 지을까.

놀랄까? 질겁할까?

아니면…… 기, 기뻐해 주려나?

아아――.

지금이라면 전부 술 때문이라고 떠넘길 수 있을까?

무슨 짓을 해도, 얼마나 흐트러져도, 전부 술 때문인 걸로――.

그런 식으로 망상을 하던 그때였다.

"아, 역시 금요일이라서 사람이 많――."

사람으로 득실득실한 택시 승강장에 가까워졌을 때, 탓군이 발을 멈췄다.

눈을 크게 뜨고 그 자리에서 굳어버렸다.

"왜 그래? 탓군……."

"――타쿠미?"

라는.

밝은 목소리와 함께 한 명의 여성이 다가왔다.

"와, 역시 타쿠미잖아. 대단한 우연인데."

"……아리사."

그녀는 친근하게 탓군에게 말을 걸었고, 그도 그에 대답했다.

아리사라는 이름인 모양이다.

왠지 신기한 기분이었다. 탓군이 나와 미우가 아닌 다른 여자아이를 성이 아닌 이름으로 부르는 건 처음 들은 것 같다.

나는—— 새삼 그녀를 바라보았다.

나이는 탓군과 같은 스무 살 정도일까. 머리 양옆에서 일부만 살짝 땋아 내린 헤어스타일. 하얀색의 얇은 블라우스와 밝은색 스커트. 대학생만이 어울릴 법한, 젊음이 넘치는 패션을 소화하고 있다.

술자리에서 돌아가는 길인 건지 얼굴이 붉게 달아올라 있었다.

"어째 요즘 인연이 있네."

"그, 그래……."

"타쿠미도 이 근처에서 마셨어?"

"아니, 나는 마중하러 나온 것뿐이고……."

탓군은 노골적으로 동요하며 나와 아리사 씨 사이에서 시선을 배회했다.

"그, 아야코 씨……. 얘는 아는 사람인데요."

횡설수설한 어조로 탓군이 소개하려고 했는데.

"아하하. 왜 허둥거리는 거야, 타쿠미?"

술 때문인 건지, 아리사 씨가 조금 발랄하게 가로막았다.

"당황할 거 없잖아. 지금은 이제—— 여자친구인 것도 아니니까."

"어?"

나는 그 순간 놀라서 큰 소리를 내고 말았다.

믿어지지 않는 단어가 들렸기 때문이다.

그러자 그 목소리에 반응한 건지, 그녀가 내 쪽을 보았다.

"처음 뵙겠습니다. 오다키 아리사입니다."

가볍게 머리를 숙인 뒤, 난감한 듯한 목소리로 말을 이었다.

"타쿠미와는 고등학교 동창이고, 한마디로 말하자면…… 뭐지? 음, 소위 '전 여친' 같은 거예요."

취한 건지 참으로 가벼운 말투로 밝히는 아리사 씨.

나는 머리가 새하얘졌다.

제8장
사양과 배려

♥

다음 날은 토요일이지만 일이 있었다.

애니화 발표에 맞춘 원작 판촉을 위해 각종 준비를 해야 한다. 성우의 목소리가 들어간 PV나 만화판과 맞춘 기획 등 해야 할 일은 많이 있다.

솔직히──다행이라고 느꼈다.

토요일은 인턴이 쉬는 날이기 때문에 탓군은 종일 집에 있다고 했다.

어제 그 일 뒤로 오늘 또 내내 얼굴을 보는 건 조금 거북하다.

아침에도 묘한 분위기로 나오고 말았다.

『──아……, 그래. 아리사 언니를 만났구나.』

점심을 먹은 뒤.

회사 근처에 있는 공원 벤치에 앉아 미우에게 전화했다.

확인하고 싶은 게 있었기 때문이다.

『응, 맞아. 아리사 언니는──내 친구의 언니야. 그리고 이런저런 사정으로 고등학생 때 타쿠 오빠가 '가짜 남자친구'를 해준 사람이지.』

"……역시, 미우는 전부 알고 있었구나."

『뭐, 전부 내가 타쿠 오빠에게 부탁한 거니까. 미리 말해두지만 악의가 있어서 비밀로 한 건 아니야. 굳이 엄마에게 말할 일도 아니라고 생각한 것뿐이지.』

"…………."

어젯밤——.

그 후로 탓군에게 한차례 설명은 들었다.

오다키 아리사 씨는 고등학교 때 같은 반이었고, 이번에 '리리스타트'에서 우연히 재회했으며 지금은 같이 인턴으로 일하고 있다고 한다.

그리고.

그녀는 한때 탓군의 '여자친구'였다.

말은 이렇게 해도—— 진짜는 아니었다고 하지만.

『아리사 언니는 고등학생 때 스토커가 달라붙어서 곤경에 처했었거든. 고백한 걸 거절했더니, 그 남자가 몰래 집까지 따라오고 했대. 그래서 내가 타쿠 오빠에게 부탁했어. 아리사 언니의 남자친구인 척을 해달라고. 그러면 스토커도 포기할지도 모르잖아.』

"어, 어째서 탓군에게 부탁한 건데……? 다른 후보는 없었어?"

『마침 같은 고등학교에 같은 반이었으니까. 게다가 아리사 언니는 예쁘잖아?』

"…………."

확실히 예뻤다.

어리고 반짝반짝하고, 나에게는 없는 매력을 지닌 여성이었다.

『'가짜 남자친구' 역할을 부탁한 남자가, 그 역할을 이용해서 아리사 언니에게 추근거리면 본말전도잖아? 그래서—— 만에 하나라도 아리사 언니에게 반하지 않을 남자에게 부탁해야겠다고 생각했지.』

"……그, 그래서 탓군에게 부탁한 거야?"

『응. 타쿠 오빠가 엄마가 아닌 여자에게 반할 리 없잖아.』

절대적인 진실처럼 단언하는 미우.

그런 식으로 말하면…… 조금 부끄러워진다.

『타쿠 오빠는 엄청 뺐는데, 결과적으로는 받아들여 줬어. 이러니저러니 해도 사람이 착하니까. 하지만 그다음이 대단했는데.』

감탄한 듯 황당하다는 듯한 목소리로 미우가 말했다.

『1초라도 빨리 가짜 남자친구 역할을 그만두고 싶었던 타쿠 오빠가…… 초스피드로 스토커 사건을 해결해버렸지.』

"해, 해결했다고?!"

『응. 스토킹의 증거를 조사해서 상대방에게 들이밀고, 그렇지만 단순히 몰아붙이기만 한 게 아니라 상대방의 이야기도 잘 들어주고…… 그렇게 전부 원만하게 마무리 지었어.』

"뭐야. 그 유능하기 짝이 없는 활약……."

자화자찬이 된다고 생각했기 때문인지, 탓군은 그 부분에 대해서는 그리 자세히 말하지 않았다. 설마 그렇게 멋진 활약을 했었다니.

같은 반 여자아이의 스토커 사건을 해결.

뭐야.

완전히 만화 주인공이잖아.

내가 모르는 곳에서 그런 활약상을 남긴 거야?

『타쿠 오빠는 정말…… 알고 보면 고스펙이라니까. 머리 좋지, 운동 잘하지, 외모도 나쁘지 않고, 어쨌거나 사람 좋고 정이 많고……. 엄마에게 반하지만 않았어도 더 평범하게 인기가 넘쳐나는, 하렘 러브코미디의 주인공이 될 수 있었을지도 몰라.』

"……하, 하지 마. 그런 표현."

내가 악당 같잖아. 본래 하렘 루트를 가야 했던 주인공을 괴상한 샛길로 꼬드긴 것 같잖아.

친구의 엄마 루트.

……이건 확실하게 외전 팬디스크용이지.

『그래서 스토커 건은 일단락됐는데…… 그 뒤에도 일이 좀 있었어.』

"…………."

『아리사 언니가── 타쿠 오빠를 좋아하게 됐거든.』

그 이야기도 어제 들었다.

탓군은 제대로, 숨김없이 이야기해주었다.

『가짜 남자친구가 아리사 언니에게 반하지 않도록 타쿠 오빠를 지명한 건데, 설마 아리사 언니가 타쿠 오빠에게 반하다니……. 아무리 나라고 해도 전혀 예상하지 못했어.』

당연하겠지.

당시 그녀의 시각에서 탓군은 분명 히어로였을 테니까.

반한다고 해도 이상하지 않다.

『물론 타쿠 오빠는 바로 거절했다고 해. 그걸로—— 이 건은 끝. 뭐, 나는 어디까지나 아리사 언니의 동생에게 전해 들은 것뿐이지만.』

한 호흡 쉰 뒤 미우가 말을 이었다.

『정말 그게 다야. 아무것도 신경 쓰지 않아도 돼.』

"…………."

『타쿠 오빠가 말하지 않은 것도, 딱히 무언가 양심에 찔리는 게 있었기 때문은 아닐걸? 엄마가 듣기에 유쾌한 이야기가 아니라고 생각해서 말하지 않은 거겠지. 다른 여자에게 고백받은 이야기잖아.』

"…………알아."

탓군을 비난할 마음은 없다.

조금도 잘못한 게 없으니—— 오히려, 뜻밖의 영웅적인 행동을 했다. 과거에 고백받은 정도로 질투하는 것도 이상하고…… 설령 과거에 정말로 탓군에게 여자친구가 있었다고 해도, 몇 년이나 전의 전 여친을 의식하는 게 더 이상하겠지.

하지만——.

"……하, 하지만 역시 아무래도, 개운하지 않아서……. 그렇게 어리고 예쁜 아이가 옛날에 탓군에게 고백했는데…… 그런 아이와 지금 같은 직장에서 인턴으로 일하고 있다니까."

전여친과 직장에서 우연히 재회.

뭔가…… 트렌디 드라마에서 나올 법한 시추에이션이다.

어쩌지.

꺼졌던 불씨가 다시 타오르면 어떡하지.

"마, 만약 그 아이에게 아직 미련이 있어서 인턴 기간에 탓군에게 들이대거나 하면……!"

『엄마가 그런 쓸데없는 걱정을 할 것 같으니까 타쿠 오빠가 비밀로 한 거겠네.』

"……으윽."

급소를 파헤치는 고통에 신음하는 나에게 미우가 담담히 말을 이었다.

『걱정이 과해. 만에 하나 아리사 언니가 그런 짓을 한다고 해도 타쿠 오빠가 넘어갈 리 없잖아. 어제도 제대로 엄마가 누군지 소개하지 않았어?』

"그, 그건……."

『응?』

"그…… 타, 탓군은 제대로 소개하려고 했거든? 그런데──."

나는 미우에게 설명하며 어제의 일을 떠올렸다.

어젯밤.

"──음, 소위 '전 여친' 같은 거예요."

아리사 씨가 이런 말을 해서 내 머리가 새하얘진 직후──.

"자, 잠깐. 아리사."

탓군은 당황하며 그녀를 제지했다.

"무슨 소릴 하는 거야……. 전 여친이 아니잖아."

"아하하. 뭐 어때. 비슷한 건데."

"전혀 안 비슷하거든……."

난감한 듯 짜증이 난 듯한 얼굴로 말하는 탓군.

그리고는 불안해하는 눈으로 내 쪽을 보았다.

"아야코 씨……. 아리사는 고등학교 때의 친구이고, 지금 같은 곳에서 인턴으로 일하고 있는데…… 아무튼, 전 여친은 아니에요. 나중에 제대로 설명할게요."

더듬거리면서도 전 여친이라는 부분만은 확실하게 부정하는 탓군. 하지만 내 취한 머리는 전혀 상황을 따라가지 못하고 있었다.

"저기, 타쿠미. 그런데 그 사람은 누구야?"

아리사 씨가 내 쪽을 보며 물었다.

정말로 신기하다는 듯한 얼굴로 나온, 참으로 소박한 의문이었다.

우리의 관계를 조금도 상상하지 못하는 듯한.

연인이라고는 눈곱만큼도 생각하지 못하는 듯한.

"이 사람은——."

탓군이 진지한 얼굴로 입을 열었다.

무슨 말을 하려는지는 알았다.

분명 나에 대해 소개하려는 거겠지.

연인이라고. 여자친구라고. 지금 진지하게 사귀는 사람이라고.

그걸 알아차린 순간, 나는——.

"——치, 친척 이모야!"

어째서인지 그런 말을 하고 말았다.

"나는 탓군의…… 어머니 쪽 친척이거든. 인턴으로 도쿄에 와 있는 동안에는 우리 집에서 살기로 했어."

"어……. 아, 아야코 씨……?"

"아하, 그렇군요. 처음 뵙겠습니다. 잘 부탁드립니다."

아리사 씨는 순간적으로 나온 거짓말을 조금도 의심하지 않고 믿은 듯했다.

"오늘은 직장 사람과 술을 마셨거든. 좀 취했으니까, 탓군에게 데리러 와 달라고 했어. 남자아이는 참 든든하다니까."

"아하하. 맞아요. 타쿠미는 든든한 남자죠."

"그러니까. 아리사 씨, 앞으로 탓군과 친하게 지내주렴."

"네. 기꺼이."

필사적으로 친척 이모를 연기하며 표면적인 대화를 했다.

그때 탓군이 무슨 표정을 짓고 있었는지는 모른다.

무서워서 그쪽을 돌아볼 수가 없었으니까.

『⋯⋯우와, 그게 뭐야.』

미우는 진심으로 기가 막힌다는 듯한 목소리로 말했다.

『왜 그런 거짓말을 한 건데?』

"⋯⋯나, 나도 몰라. 하지만⋯⋯ 왠지 너무 부끄러웠어. 그 자리에서 탓군의 여자친구라고 소개하는 게."

살짝 패닉에 빠졌던 것 같다.

그렇지 않아도 취해서 사고력이 저하되었는데, 그 상태에 '전 여친'이라는 터무니없는 정보가 들어오고 말았으니까.

가짜 남자친구 작전 같은 자세한 설명을 듣기 전이었으니 어쩌면 정말 전 여친인 건지도 모른다는 생각을 했고── 순간적으로 '탓군이 옛날에 이 아이를 좋아했구나'라는 생각이 스쳐 지나가면서⋯⋯ 스스로도 머리가 꼬여버렸다.

"⋯⋯갑자기 '전 여친'이라는 말을 들었는데, 그 아이는 또 어리고 예쁜 요즘 대학생이고⋯⋯. 나는 30대의 아줌마고, 퇴근길에 취해서 데리러 와달라고 하는 한심한 꼬락서니였고⋯⋯. 그런 상황에서 지금은 내가 여자친구라고 말하는 건, 좀⋯⋯."

『흐응. 도망쳤구나.』

"도, 도망친 게……."

『도망친 거지. 여자로서 졌어~ 같은 생각 한 거지?』

연계기처럼 쏟아지는 공격에 나는 아무 말도 할 수 없게 되었다.

확실히── 도망쳤다.

온갖 것들로부터 도망치고, 적당한 거짓말로 얼버무리고 말았다.

불시의 기습을 겪고 적 앞에서 도망.

이길 수 없다고 생각했기에, 싸우지 않는 길을 선택했다.

이런 건 이기고 지는 문제가 아니라는 건 머리로는 알고 있었는데.

『타쿠 오빠, 충격받았을 거야.』

"으……. 그, 그렇겠지."

정말 면목이 없다.

사귀기 전에 각오는 다졌을 텐데.

그런데── 전 여친 정도로 이렇게나 동요해버리다니.

꼴불견인 것도 정도가 있지.

『만약 정말 아리사 언니가 진짜 전 여친이었다고 해도, 엄마가 당황할 필요는 없다고. 타쿠 오빠의 지금 여자친구는 엄마니까.』

"……응."

『뭐, 애초에 타쿠 오빠에게 전 여친이 있을 리가 없잖아. 웃길 정도로 엄마에게 일편단심이고 계속 엄마만 좋아한 남자니까.』

쓴웃음을 짓는 듯, 그러면서도 어딘가 자랑스럽다는 듯 미우가 말했다.

『바꿔 말하자면── 타쿠 오빠가 본 엄마는 10년 동안 계속 빠져있을 만큼 매력적인 여자라는 거야. 그러니까 엄마는 더 자신감을 갖고 뻔뻔하게 굴던 의연하게 굴던 하면 돼.』

"⋯⋯응. 고마워, 미우."

일단 고맙다고 인사부터 한 뒤.

"그런데 그 '굴던'은 잘못된 표현이야. A나 B의 의미로 쓸 때는 '굴던'이 아니라 '굴든'을 써야지. '굴던'은 과거 회상할 때 쓰는 거니까."

라는 첨삭을 덧붙였다.

『윽⋯⋯. 그, 그런 편집자의 직업병은 넣어두라고!』

민망해하며 소리치는 미우.

회심의 명대사 비슷한 것을 교정받은 게 부끄러운 모양이다. 나도 따지지 않고 넘기면 좋았을 테지만, 그만 직업병이 나오고 말았다.

『하아⋯⋯ 참나. 엄마, 의외로 쌩쌩하네.』

"아하하. 미우와 대화했더니 조금 기운이 났어."

기운도 났고── 생각도 났다.

사귀기 전에 다진 각오를.

미우 앞에서 보여준 결의를.

몇 주 전, 여름방학──.

미우가 탓군을 좋아한다고 착각하고 있을 때── 그래도 나는 그와 사귀고 싶다고 원했다.

설령 딸이 좋아하는 사람이라고 해도 양보하고 싶지 않다고 결심했다.

결국, 그건 착각이었지만── 그래도 그때의 각오는 진짜였다.

한심하기는.

정신 차려야지.

떠올리자.

그때의 각오를 똑바로 떠올리고 가슴에 새기자.

그래.

나는 딸과도 싸우려고 한 여자잖아?

그렇다면── 가짜 전 여친 정도에 질 수는 없다.

『──난 몰라. 타쿠미 마음대로 하면 되지 않아?』

전화 너머로 돌아온 것은 상당히 매정한 대답이었다.

도쿄의 맨션──.

혼자 간단히 점심을 먹은 뒤, 남아있던 집안일에 임하기 전에 ── 나는 친구인 사토야에게 전화를 걸었다.

아야코 씨에 대해 상담하기 위해서다. 지푸라기에라도 매달리는 마음으로 한 전화였지만, 돌아온 것은 예상했던 것보다 더 신랄한 대답이었다.

"모른다니……."

『나는 지금 아주 바쁘단 말이야. 과제 재제출 마감이 코앞이라서……. 아, 진짜. 이것도 다 타쿠미가 도쿄에 가 버렸기 때문이잖아.』

성대하게 한탄하는 사토야.

『9월부터는 타쿠미가 없어지니까 나도 이제 자립해서 과제 정도는 혼자서 열심히 하려고 했는데…… 바로 재제출 걸렸어. 지금까지는 타쿠미와 같은 강의를 들으면서 타쿠미와 같이 공부하고 같이 과제만 해도 충분했는데!』

"그건 내 잘못이 아니잖아."

완벽한 책임 전가다. 아니, 어느 의미로는 지금까지 어리광을 계속 받아준 내 책임인 건가?

『아무튼 나는 바쁘니까, 시시껄렁한 일로 전화하지 마.』

"시, 시시껄렁하다니 뭐야. 나는 진지하게……."

『시시껄렁하지. 아니, 애초에 이해가 안 가. 타쿠미는 뭐가 고민인데?』

"그러니까…… 아야코 씨에게 불쾌한 일을 겪게 한 거 말이야."

잊히지 않는다.

어젯밤──.

아리사가 내 '전 여친'이라고 말했을 때, 아야코 씨의 얼굴이.

아아, 정말 나는 뭘 하는 거냐.

이렇게 될 줄 알았다면 처음부터 아리사에 대해 전부 설명해 줄 걸 그랬다. 괜히 고민하며 숨기는 바람에 최악의 형태로 들키고 말았다.

나로서는 너무나도 면목이 없었지만──.

『별로 중요한 것도 아니네.』

사토야는 진심으로 성가시다는 듯 내 고민을 일축했다.

『타쿠미는 딱히 잘못한 거 없으니까 고민할 필요도 없다고. 가짜 전 여친과 우연히 재회한 게 뭐가 문젠데? 찔리는 게 없다면 당당히 굴면 되잖아.』

"……아니, 하지만 내 잘못이 없지는 않잖아. 결국, 내가 잘못된 대처를 해서 아야코 씨를 불쾌하게──."

『그러니까 그러지 말라고.』

사토야는 강한 어조로 말했다.

『그런 식으로 신주라도 모시는 것처럼 대하면 아야코 씨가 불쌍하잖아.』

"……!"

『바람피운 게 들킨 것도 아닌데, 왜 그렇게 전전긍긍하는 건데?』

진심으로 기가 막힌다는 듯한 목소리가 이어졌다.

『타쿠미는 '만에 하나라도 아야코 씨에게 상처 주고 싶지 않다' 같은 생각을 하고 있을지도 모르지만, 그런 식으로 하나하나 배려하고 조심하는 건 상대방에게도 폐가 돼. 그건 다정한 게 아니라── 무서워하는 것뿐이라고.』

과제 마감을 앞두고 예민해졌기 때문인지, 사토야의 말은 평소보다 더 가차 없었다.

아니면 마감과는 상관없이── 내가 너무 꼴불견이었기 때문인지도 모른다.

강하게 규탄하는 말이 가슴을 푹푹 찔렀다.

『……뭐, 마음은 이해해. 타쿠미에게 아야코 씨는 오랫동안 짝사랑했던 동경하는 여성인 셈이니까. 그런 여성과 간신히 사귀게 되었다면 상대방의 심기를 건드리지 않도록 조심, 또 조심하고…… 공주님을 모시는 것처럼 정성스럽게 헌신하고 싶어지는 마음도 알지. 하지만.』

사토야가 말을 이었다.

『아야코 씨는 구름 위의 존재가 아니라── 지금은 타쿠미 옆에 있잖아?』

왕성에 사는 공주님이 아니라, 지금은 같은 집에서 살고 있잖아?

──라고.

사토야는 말했다.

『짝사랑은 슬슬 졸업해야지.』

"……그래."

나는 고개를 크게 끄덕였다.

"전부 네 말이 맞아. 시시한 일로 상담해서 미안해."

『신경 쓰지 않아도 돼. 아, 하지만…… 조금이라도 보답하고 싶은 마음이 있다면 지금부터라도 과제 도와주지 않을래……?』

"아무리 나라도 수강하지 않은 강의의 과제는 못 도와줘."

『……그렇겠지. 그럼 기도해주라.』

"그래. 정성을 담아 기도하마."

통화가 끝난 뒤——.

나는 소파에 깊숙이 앉아 하늘을 우러러보며 한숨을 쉬었다.

"……신주라도 모시는 것처럼, 이라."

그럴 생각은 없었다.

하지만 옆에서 보면 그랬던 건지도 모른다.

소중히 대하는 것 같았지만—— 그녀와 마주 보지 않았다.

아야코 씨를 연인으로서 신뢰하지 못했다.

"……젠장. 나 뭐 하는 거야."

아무래도 나는 스스로도 모르는 채 계속 짝사랑하고 있었던 모양이다.

홀로 좋아하는 것만으로는 참을 수 없게 되어서 고백했는데—— 다른 누구에게도 주고 싶지 않아서 내 연인으로 삼고 싶다고 계속 바라왔는데.

그런데…… 막상 사귀기 시작하자 살얼음 위를 걷듯, 신줏단지를 모시듯 대하기만 했다.

멋대로 공경하고, 멋대로 조아리고.

멋대로 나를 비하하며 멋대로 상대방이 위라고 낙인을 찍었다.

이래서는…… 짝사랑하던 시절과 하나도 다를 게 없다.

지금의 그녀는 이제 내가 동경하던 짝사랑의 상대가 아니다.

여신도 공주님도 아니고── 어깨를 나란히 하고 걸어가야만 하는, 나와 대등한 파트너가 되었다.

"졸업, 해야지."

졸업하자.

10년간의 짝사랑으로부터, 제대로 탈피하자.

♥

그날 밤──.

저녁을 먹기 전에 우리는 대화의 시간을 가졌다.

누가 먼저 제안한 것이 아니라 자연스럽게 그렇게 되었다.

""………….""

거실 탁자를 사이에 두고 마주 앉은 채, 잠시 불편한 침묵이 이어졌지만.

"저기." "있잖아."

침묵을 깨는 목소리가 합창했다.

"앗, 죄송합니다. 아야코 씨 먼저 말씀하세요."

"아, 아니야. 탓군 먼저 해."

서로 양보하고 다시 짧은 침묵이 흐른 뒤.

"……그럼 저부터 하겠습니다."

탓군이 입을 떼더니 앉은 채로 자세를 조금 바로잡았다.

"아야코 씨……. 아리사에 대해 숨겨서 죄송합니다."

착실하게 머리를 숙인 채 탓군이 말했다.

"처음부터 전부 말씀드릴 걸 그랬어요……. 이리저리 고민하면서 숨기는 바람에 이상한 불신을 안겨드린 것 같네요."

"으, 으으응. 괜찮아. 탓군 나름대로 배려해주었다는 건 잘 알고 있으니까."

"……아니에요."

고통을 견디는 듯한 얼굴이 된 탓군이 말을 이었다.

"확실히 저 나름대로 아야코 씨를 위해 행동하려고 했어요. 하지만…… 결국 저는 무서웠던 것뿐이에요."

"무서웠다고……?"

"아야코 씨에게 아주 조금이라도 미움받는 게 무서웠습니다."

"…………."

"계속 좋아한 아야코 씨와 간신히 사귀게 되어서 정말로 행복했고…… 그렇기 때문에 약간이라도 부정적인 건 피하고 싶었어요. 아야코 씨의 호감도를 조금이라도 떨어트리고 싶지 않았어요. 그래서…… 제대로 마주 보지 않고 도망친 겁니다. 아리사에게도, 아야코 씨에게도."

"…………"

회상했다.

지난 일주일간의 동거생활을.

탓군은—— 무척 다정했다.

지나칠 정도로 다정하고, 완벽했다.

익숙하지 않을 인턴 업무를 하면서 집안일도 다 해주고, 내가 일에 집중할 수 있도록 열심히 보조해주었다.

여성이라면 누구나 꿈꿀 법한 '이상적인 남자친구'였을지도 모른다.

하지만.

그 완벽함은—— 어쩌면 불안의 반증이었을지도 모른다.

미움받는 것을 두려워한 나머지, 과도할 정도로 완벽함을 연기하고 말았다.

"모처럼 사귀게 되었는데…… 저는 짝사랑하던 때와 아무것도 달라지지 않았어요. 전부 다, 제가 어떻게든 해야 한다고 생각하고……. 하지만—— 이제 그러지 않으려고 합니다."

탓군은 말했다.

내 눈을 똑바로 바라보면서.

"아야코 씨. 오다키 아리사는 고등학생 때의 친구입니다. 옛날에 가짜 연인 역할을 부탁받기도 했고, 고백도 받고, 이런저런 일이 있었지만…… 저는 아무런 마음도 없어요. 제가 좋아하는 건 지금도 옛날에도 오직 아야코 씨뿐입니다."

오히려 시원시원할 정도로 또렷하게, 탓군은 말했다.

듣고 있는 내가 부끄러워질 정도로 열렬한 사랑의 고백을.

"앞으로 인턴으로 계속 아리사와 함께 일하게 될 테지만, 이상한 감정은 일절 안 듭니다. 들 리가 없어요. 저를 믿어주세요."

"……응. 알았어. 믿어."

나는 자연스럽게 그렇게 대답했다.

허세도 배려도 아니고, 진심으로 그의 말을 믿을 수 있었다. 당당한 그의 태도는 나에게 안심을 주었다.

탓군은 안도한 듯 웃었다.

"……정말, 처음부터 이렇게 말할 걸 그랬죠. 그랬다면 이렇게 일이 꼬이진 않았을 텐데요."

"그러게……. 가능하면 나도 그쪽이 더 좋았을 거야."

"……죄송합니다."

"아니야. 게다가…… 나도 남 말할 처지는 아니고."

이번에는 내 차례지.

그렇게 말한 뒤.

나도 앉은 채로 자세를 고쳤다.

"미안해. 아리사 씨에게 친척 이모라고 거짓말해서."

"…………."

"갑자기 '전 여친'이라는 말을 들어서 혼란스러웠는데⋯⋯ 그런 건 변명이 안 되지. 나도⋯⋯ 역시, 무서웠어. 아리사 씨처럼 어린 여자아이와 경쟁하는 게."

10살도 더 연하인, 사랑스러운 여자 대학생.

탓군과⋯⋯ 무언가 관계가 있어 보이는 아이.

그런 그녀를 앞에 두고 당당히 연인이라 밝힐 수 없었다.

적당히 얼버무려서 그 자리를 넘기려고 하고 말았다.

"싸우면 이길 수 없다고, 비교당하기 싫다고, 그런 생각을 했어⋯⋯. 바보지. 이런 건 이기고 지는 문제가 아닌데."

"아야코 씨⋯⋯."

"탓군도 충격받았지?"

"아뇨, 저는⋯⋯."

탓군은 반사적으로 나를 배려하려 했지만, 잠시 말을 끊더니.

"⋯⋯그렇네요."

시선을 내리며 고개를 끄덕였다.

"제대로 말해주시길 바랐어요. 제대로⋯⋯ 소개하고 싶었어요. 이 사람이 제가 사귀는 여성이라고."

"⋯⋯응. 미안해. 다음부터는 도망치지 않을게. 누가 상대든 제대로 가슴을 펴고 말할게. 내가 탓군의 여자친구라고."

나는 말했다.

제대로, 앞을 보면서.

"더 자신감을 가지도록 할게."

사실은 자신감 같은 건 없다. 나이도 나이고, 이 나이에 연애 초보고, 늘 중요한 타이밍에 헛발질하고.

하지만—— 그렇게 자학으로 도망치는 건 이제 그만두자.

"이런 나지만…… 그래도 탓군이 좋아해 준 나인걸."

믿자. 내가 아니라 상대방을.

10년 동안 나를 좋아해 준 탓군을.

그러면—— 나도 믿을 수 있게 될 것이다.

"맞아요."

탓군이 말했다.

"제가 아야코 씨를 10년 동안 계속 좋아할 수 있었던 건……그, 뭐냐. 제가 좀 스토커 기질이 있기 때문이라는 점도 있지만—— 그래도 가장 큰 이유는 아야코 씨가 그만큼 멋진 여성이라서니까요."

"……!"

"아야코 씨가 정말로 매력적이었기 때문에 10년이나 짝사랑할 수 있었던 거예요."

아아——.

가슴이 타버릴 듯 뜨거워지고, 넘실넘실 차오른다.

정말…… 탓군은 늘 이렇다니까.

겸손하고 자기 평가가 낮고, 가끔 불안해하기도 하지만——
그래도.

나를 향한 마음을 말할 때만큼은 이쪽이 부끄러워질 정도로
자신감이 넘쳐난다.

"……정말이지. 칭찬이 과해."

"아뇨, 전혀 과하지 않아요."

"그, 그렇게 말하면 탓군도 마찬가지거든? 그런 멋진 여성인
내가 좋아하게 될 정도로 멋있고 매력적인 남자라는 소리니까."

"그, 그렇지 않아요. 그렇게 대단한 남자가 아닌걸요."

"그렇게 대단해. 대단한 거 맞아."

"……그럼 아야코 씨는 그런 멋있는 제가 반할 정도로 사랑스
럽고 아름다운 여성인 셈이니까요."

"그, 그렇다면 탓군은 그렇게 사랑스럽고 아름다운 내가 푹
빠져버릴 만큼 착실하고 든든한 남자인 셈——……."

"……."

그만 흥분해서 경쟁하던 우리는 같은 타이밍에 정신을 차렸다.

자신들이 얼마나 민망한 짓을 하고 있었는지 알아차리고 말았다.

"뭘 싸우고 있는 거죠, 우리……."

"그러게……. 지금 이건 상당히 징그러웠어."

"……후후."

"아하하."

짧은 민망함 후에 누가 먼저랄 것 없이 웃었다.

따스한 안온함이 우리를 채워주는 것 같았다.

한 호흡 숨을 돌린 뒤 내가 말했다.

"……서로 너무 사양했구나, 우리."

첫 연애.

갑작스러운 동거.

서로 사양하며 혼자 불안해했다.

같이 살고 있으면서 둘 다 혼자 짊어지려 했다.

"더 제대로…… 서로 하고 싶은 말을 해야겠어."

지나치게 자신을 비하하지 않고, 지나치게 상대를 미화하지 않고.

있는 그대로의 두 사람이 마주 보며 나아가야 한다.

석 달이라고는 해도 같이 사는 거니까.

어쩌면 앞으로── 언젠가 가족이 될지도 모르니까.

막연하게 사랑을 동경하는 마음만으로 해나갈 수 있을 리가 없다──.

"탓군. 동거가 시작된 뒤로 나를 위해 뭐든 해 줘서 아주 기뻤어. ……하지만 너무 무리하진 마."

"무리…… 하는 건 아니었지만요. 제가 좋아서 한 거니까요. 전혀 힘들지 않고, 오히려 보람을 느꼈어요."

"그, 그런 게 아니라…… 그러니까, 그게, 나는……."

부끄러웠지만 굳게 결심하고 말했다.

하고 싶은 말을, 제대로 말했다.

"조, 좀 더 나에게 어리광을 부려줘!"

그는 눈을 동그랗게 뜨고 어안이 벙벙한 표정이 됐다.

나는 부끄러움을 참으면서 열심히 말을 이었다.

"탓군은 치사하다고……. 자기만 자꾸 내 어리광을 받아주고……. 나도…… 사실은 더 탓군의 어리광을 받아주고 싶은데."

더 기대주길 바란다.

더 어리광을 받아주고 싶다.

더 투정을 부려주었으면 한다.

더, 더, 더, 더 많이── 나를 원해주었으면.

"그야 나에게 포용력이 없는 게 문제일지도 모르지……. 하, 하지만 그렇다고 해도 탓군은 빈틈이 너무 없다고. 벗은 옷을 던져두지도 않고, 나도 모르는 사이에 욕조 배수구 청소도 해놓고, 화장지도 바로바로 갈아두고……. 왜 그렇게 완벽초인인 거야?! 조금 정도는 못난 모습을 보여줄 수 있잖아!"

"……아뇨, 그게."

당혹스러워하는 탓군. 당연하다. 거의 트집과도 같은 불만을 토하고 있는 거니까.

"저도 그러고 싶은 마음은 있지만요……. 하, 하지만 남자가 너무 기대고 어리광부리는 건 꼴 사납지 않나요?"

"그, 그렇지 않아. 오히려 여자는…… 남자가 의도치 않게 보여주는 기습적인 약점에 가슴이 뛴다고 해야 하나. '이 남자는 정말, 내가 없으면 안 된다니까'라고 생각하고 싶은 구석이 조금 있다고 해야 하나."

……아니. 나 무슨 소리 하는 거람?

너무 적나라하게 떠든 건지도 모른다.

"아, 아무튼……. 무리하면서 좋은 모습만 보여주려고 하지 마. 더 나에게 기대도 괜찮으니까. 그쪽이 더…… 응, 나도 기쁘고."

"아, 알겠습니다."

탓군은 어색하게 고개를 끄덕였다.

"조금 더 노력해서 기대볼게요."

"노력해서 할 건 아니라고 보지만……."

우직한 대답에 쓴웃음이 나오는 나였다.

"으음, 하지만 아야코 씨도 마찬가지인걸요. 무리하지 마시고, 원하는 게 있다면 꼭 말씀해주세요."

"……응. 알았어."

그리고.

나는 말했다.

"그럼 탓군── 바로 부탁 하나 해도 될까?"

제9장
선언과 오해

다음 날──.

일요일 오후.

나와 탓군은 역 앞의 카페로 향했다. 가게 안쪽, 다른 손님에게선 잘 보이지 않고 대화도 듣기 어려운 가장 안쪽 자리를 골라서 앉았다.

몇 분 뒤에 만나기로 한 사람도 나타났다.

오다키 아리사 씨.

그녀는 오늘도 그 나이대의 대학생다운 패션이었다.

나는 도저히 따라 할 수 없을 법한, 싱그러운 모습.

그저께 밤과 비교하면 무척 예의 바르고 차분해 보였다.

지난번에는 역시 많이 취해서 일시적으로 발랄해졌던 모양이다.

"……그. 저, 정말인가요?"

한차례 설명을 듣자 아리사 씨는 놀라움을 금치 못했다.

쉽게 믿어지지 않는다는 얼굴로 나와 탓군을 번갈아 쳐다보았다.

"카츠라기 씨가…… 타쿠미의, 여자친구라니."

"정말이야."

나는 말했다.

테이블 아래에서 주먹을 꽉 움켜쥔 채 상대방을 똑바로 바라보았다.

도망쳐서 얼버무리고 싶은 마음을 필사적으로 억눌렀다. '정말 이런 아줌마와 사귀는 거야?' 같은 눈은 신경 쓰지 않는다.
그건 분명 내 피해망상일 테니까.

괜찮아. 이제 무섭지 않아.

왜냐하면 내 옆에는 믿을 수 있는 연인이 있으니까.

"다시 인사드립니다. 카츠라기 아야코입니다. 고등학생인 자식이 한 명 있는 싱글맘이고, 나이는 올해로 3n살입니다."

거짓 하나 없는 신상을 털어놓자, 아리사 씨는 또 눈이 조금 커졌다.

아이가 있다는 사실에 놀란 모양이다.

"탓군과…… 타쿠미와, 진지하게 교제하고 있습니다."

"…………."

"지난번에는 거짓말해서 미안해."

"아뇨……."

여전히 놀란 가슴이 진정되지 않은 모습이었지만, 아리사 씨는 작게 고개를 저었다.

"저, 저야말로…… 죄송합니다. 지금 좀, 되게 놀라서……. 놀라면 실례죠……."

"아니, 괜찮아. 그게 평범한 반응이니까."

"……친척 이모라고 했던 건."

"거짓말이야. 이웃사촌일 뿐 친척은 아니야."

"지금 같이 산다는 건."

"그건 사실이야. 나도 지금 기간 한정으로 도쿄에서 일하는 중이라, 같은 집에서 함께 살고 있어."

"……그랬, 군요."

어딘가 멍한 반응인 아리사 씨였지만, 갑자기 표정에 죄책감이 묻어났다.

"저, 저기. 저, 죄송합니다. 그런 줄도 모르고 '전 여친'이라는 농담을 해서……. 전부 오해니까요. 진짜로 사귀었던 건 아니고…… 아, 그게, 왜 그런 소릴 한 거지……?"

"괘, 괜찮아."

정말로 미안해하며 말하는 아리사 씨를 급하게 달랬다.

"신경 쓰지 않아도 돼. 제대로 설명 들었으니까."

그렇게 말하며 눈짓하자 탓군이 고개를 끄덕였다.

그리고는 아리사 씨 쪽을 보며 살짝 머리를 숙였다.

"미안해. 우리 일을 아야코 씨에게 이미 말해버렸어."

"……아니, 괜찮아. 사과하지 마. 따지고 보면 내가 이상한 소릴 한 게 잘못이니까. 오히려 설명해줘서 고마워."

그러더니 그녀는 우리 두 사람을 빤히 바라보았다.

"……아하하. 신기하네요. 처음에는 깜짝 놀랐지만…… 그래도, 듣고 보니 왠지 느낌이 와요."

작게 숨을 내쉰 뒤 온화하게 웃었다.

"그저께 만났을 때 좀 이상하단 생각은 했거든요. 친척 이모라고 하기에는 거리가 가까운 느낌이 들어서요."

부드러운 미소를 지은 채.

"저기, 타쿠미. 기억나?"

탓군을 향해 시선을 옮겼다.

"내 고백을 거절했을 때 그랬지? 따로 좋아하는 사람이 있다고."

"그래."

"혹시…… 그 사람이 카츠라기 씨?"

"……맞, 아."

조금 쑥스러운 듯 말하는 탓군.

"나는 당시부터 계속 아야코 씨를 좋아했어."

"그렇구나. 그거 진짜였구나……."

아리사 씨는 어딘가 어색한 쓴웃음을 흘렸다.

"나 말이야……. 솔직히 안 믿었거든. 모나지 않게 무난한 말로 거절한 건 줄 알았어. 왜냐하면 타쿠미는 학교에선 여자에게 조금도 관심을 보이지 않았으니까. 여자랑 대화하는 것도 거의 본 적 없고. 내가 포기하도록, 판에 박힌 말로 얼버무린 줄 알았지."

"……그런 생각을 했어?"

"하지만── 진짜였구나. 정말로, 좋아하는 사람이 있었어."

쾌활한 미소를 지으며 아리사 씨가 말했다.

"아하하. 왠지 기쁜데. 적당한 태도로 찬 게 아니라, 제대로 성실하게 찬 거였구나. 후후. 추억이 조금 예뻐진 기분이야."

차분한, 만족해하는 미소였다.

실연의 진상을 알게 되어 진심으로 기뻐하는 것처럼 보였다.

"⋯⋯저기, 아리사 씨."

그런 그녀에게── 나는 말했다.

말해야만 했다.

상처에 소금을 뿌리는 짓이 된다 한들, 굳게 각오하고 말해야만 한다.

"너는── 지금도 탓군을 좋아하니?"

"⋯⋯네?"

아리사 씨는 놀라서 당황한 표정을 지었다.

"아, 미안해. 심술궂은 질문을 해서. 역시 대답하지 않아도 괜찮아. 아리사 씨가 뭐라고 대답하든── 내가 하고 싶은 말은 변함이 없거든."

"저기──."

"아리사 씨!"

그녀가 무언가 말하려고 했지만, 그보다 먼저 내가 말했다.

가슴속에 타오르는 마음을 전력으로 소리쳤다.

오늘 탓군에게 부탁해서 아리사 씨와 만난 이유.

하나는 그저께의 거짓말을 사과하고 제대로 자기소개하기 위해서.

그리고 또 하나는──.

"탓군은 절대로 주지 않을 거야!"

선전포고.

정면으로, 내 각오를 밝히려고 했다.

"네가 무슨 생각을 하고 있든, 뭘 하든…… 나는 반드시 탓군과 계속 사귈 거야. 이 자리는 누구에게도 양보하지 않아. 죽어라 매달리고, 버텨서 지킬 거야."

"…………"

아리사 씨는 말문이 막힌 듯한 얼굴이었다.

그러자 옆에 있던 탓군이 당황했다.

"……저기, 아야코 씨."

"탓군은 가만히 있어. 이건 여자끼리의 문제니까."

나는 끼어들려고 하는 그를 단호하게 제지했다.

더는 멈출 수 없다.

각오를 마친 나는 아무도 막을 수 없다!

"고등학생 때의 이야기는 들었어. 탓군은…… 내가 모르는 곳에서도 무척 멋있는 활약을 했다면서. 한 번 차인 정도로는 포기할 수 없는 네 마음도 이해해. 몇 년이 지나도 미련을 느끼는 마음도 이해할 수 있어."

"……저기."

"아, 말하지 않아도 돼. 하고 싶은 말은 아니까. 확실히 나는……
이미 30대가 된 아줌마시. 아슬아슬 쇼와 줄생이고, 고등학생인 자
식도 있고, 살도 좀 신경 쓰이기 시작한 나이……. 한편 그쪽은 한
창 청춘을 구가하는 대학생……. 세간의 일반적인 감각으로 말하
자면…… 아무리 생각해 봐도 너의 시장가치가 더 높을 거야. 열
명의 남자가 있다면 열 명 다 널 선택하겠지. 그게 정상적인 감각
이야. 나도 만약 내가 남자였다면 이런 애 딸린 아줌마보다 젊은
대학생과 사귀고 싶을 테니까."

"……그게."

"하지만, 그래도 탓군은 내가 좋다고 말해줬어!"

정열에 맡겨 사랑을 외친다.

격정에 맡겨 사랑을 호소한다.

무한하게 끓어오르는 사랑의 힘이 무적의 원동력이 되어 나를
움직인다!

"네가 얼마나 열렬하게 접근한다고 해도 탓군은 절대 흔들리
지 않을 거야. 나는 그렇다고 믿어. 만에 하나, 억에 하나 조금
흔들리는 일이 있다고 해도 그때는…… 내, 내가 더 굉장하게
유혹해서 탓군을 되찾을 거니까!"

싸우자.

연애는 성사로 끝이 아니다.

성사된 뒤에도 이야기는 계속된다.

그리고 그 이야기는—— 노력해서 유지해야만 한다.

남자친구로서의 노력, 여자친구로서의 노력.

인생을 함께 걸어갈 파트너로서의 노력을.

사랑하는 사람과 맺어졌다는 기적을 당연하다고 생각하며 안심하면 안 된다.

"나는 탓군의 여자친구고, 앞으로도 계속 탓군과 함께 살고 싶어. 그러니까…… 너에게는 절대 지지 않아!"

나는 말했다.

하고 싶은 말을 전부 토해냈다.

기습적으로, 온 힘을 다한 선전포고를 날렸다.

분명 이것이 나와 그녀와 탓군의, 삼각관계의 서장일 테지.

이름을 붙인다면 '가짜 전 여친 열전편'?

지금 사귀는 여자친구와 과거에 사귀는 척했던 가짜 여자친구가 한 남자를 두고 쟁탈전을 벌이는 질척질척한 삼각관계.

설령 아무리 진흙탕이라고 해도 나는 절대 지지 않는다.

흙투성이가 되어서라도 전력으로 싸워서 탓군의 여자친구 자리를 지켜내겠어……!

현 여친인 내 선전포고를 받은 아리사 씨 또한 눈동자에 이글이글 타오르는 사랑의 불꽃——을 보여줄 줄 알았는데.

"……아, 아하하."

그녀는 난감한 얼굴로 경직된 미소를 지었다.

한편 탓군은…… 한쪽 손을 이마에 짚고 얼굴을 숙였다. 뺨이 새빨갛게 물들어서 어쩐지 아주 부끄러워 보인다.

어, 어라……?

뭐지. 이 이상한 분위기?

뭔가…… 성대하게 헛다리를 짚었을 때와 같은 느낌인데…….

"저기."

이윽고 아리사 씨가 입을 열었다.

굉장히 민망하다는 듯이.

"저…… 지금 남자친구 있는데요."

"──그래요, 네. 대학교 신입생 환영 술자리에서 만난 선배와 어영부영 그대로 사귀게 되었는데요……. 벌써 2년 정도 사귀었나."

"그저께도 남자친구와 같이 술을 마신 거였어요. 저희가 만난 건 마침 남자친구가 화장실에 갔을 때였고요."

"싸울 때도 있지만…… 음, 잘 지내고 있어요. 남자친구는 이미 취직했으니, 저희도 슬슬 동거하지 않겠냐는 이야기는 나왔었고."

"그러니까…… 타쿠미를 이제 와서 어떻게 해보려는 마음은, 딱히…….'"

"……무, 물론 당시에는 정말로 타쿠미를 좋아했었는데요. 도움을 받으니 멋있어 보여서⋯⋯. 차인 것도 충격이었고⋯⋯. 하지만 그건 정말 과거의 일이라고 해야 할까⋯⋯. 아무리 그래도 몇 년씩 미련이 남진 않아서요.”

“그게⋯⋯ 저는 이미 타쿠미에 대해 아무런 마음도 없으니까, 부디 안심하세요. 정말로, 정말 그냥 옛날에 좋아했던 남자일 뿐이니까요.”

정중하게 설명을 마친 뒤, 아리사 씨는 카페에서 떠났다.

최소한의 마음으로 음료는 내가 샀다.

살 수밖에 없었다.

갑자기 불러내기도 했고⋯⋯ 웃기지도 않은 촌극에 끌어들인 위자료로서.

““⋯⋯⋯⋯.””

뒤에 남은 우리는 형언할 수 없는 분위기가 되었다.

나는 그저 두 손으로 얼굴을 감싸고 고개를 푹 숙일 수밖에 없었다.

이윽고 민망한 침묵을 견디지 못한 듯.

“그, 뭐지.”

탓군이 입을 열었다.

“제가 차인 것 같은 게 되어버렸네요.”

“⋯⋯⋯⋯.”

“저 내일부터 또 아리사와 같이 일해야 하는데⋯⋯ 무슨 얼굴로 봐야 할까요?"

"……미안해! 정말 미안해!"

으아아아악, 쪽팔려!

나 무슨 짓을 한 거야?!

완전히 헛발질이었어!

각오가 쓸데없이 폭주해버렸어!

너무 창피해! 쥐구멍에라도 들어가고 싶어!

"아야코 씨, 아무리 그래도 너무 성급하셨어요."

"하, 하지만…… 영락없이 아리사 씨는 탓군에게 미련이 있는
줄 알았지."

뭐, 그 결론이 성급했던 거지만.

아무래도 아리사 씨는 탓군에 대해서는 오래전에 떨쳐낸 모양
이었다.

지금 사귀는 남자친구와 잘 지내고 있으며…… 우리의 관계에
파고들 마음은 전혀 없어 보였다.

삼각관계가 발생할 여지도 없다.

'가짜 전 여친 열전편'은 기획 단계에서 던지게 된 모양이다.

"그보다…… 탓군, 알고 있었어? 아리사 씨에게 남자친구가
있다는 거."

"네. 인턴 첫날에 들었으니까요."

"왜 알려주지 않은 거야?!"

"구, 굳이 말할 일도 아닌 것 같아서요……. 처음에는 아리사에 대해 이야기하지 않았고, 어제와 오늘은 다른 이야기에 급급해서……."

딱히 악의가 있어서 숨겼던 건 아닌 듯하다.

그건 안다.

알지만…… 그래도, 말해달라고……!

남자친구가 있는지 없는지에 따라 내 정신 상태가 완전히 달라지니까!

역시 탓군은…… 아주 성실하지만 기준이 살짝 어긋났다.

절묘하게 남의 마음을 헤아리지 못하는 구석이 있어……!

"……으으. 창피해. 죽도록 창피해. 아리사 씨, 분명히 질색했는걸. '웃기는 아줌마네'라고 생각했을 거야. 틀림없이."

정말 무슨 짓을 한 거람.

라이벌도 뭣도 아닌 상대에게 대고 멋대로 라이벌시하며 적개심을 불태운 끝에 선전포고를 해버리다니.

면목이 없다.

아리사 씨에게도 탓군에게도, 아니 그냥 전세계에 면목이 없다……!

"기, 기운 내세요."

치사량의 치욕으로 고통스러워하는 나를 보다 못한 건지 탓군이 격려해주었다.

"그, 부끄러웠지만…… 그래도 기뻤어요. 아야코 씨가 그렇게 확실하게, 제 여자친구라고 선언해주셔서요."

"탓군……."

"뭐, 앞으로는 자중해주셨으면 하지만요."

"……응. 미안해. 이제 절대로 안 할게."

재차 사과하자 탓군이 쿡쿡 웃었다.

간신히 얼굴의 화재도 진정되어 남아있던 음료에 입을 가져갔을 때였다.

"하지만…… 조금 아쉽기도 하네요."

탓군이 작게 숨을 내쉬면서 말했다.

"아쉽다니, 뭐가?"

"아리사가 저를 좋아하는 게 아니라서."

"……어?"

"아직 저를 좋아해서, 아야코 씨에게서 저를 빼앗으려고 하면…… 그게 더 좋았을지도요."

"어, 어……."

농담이지?

그런 말을 하다니……. 설마 탓군, 아리사 씨를——.

"왜냐하면."

불안이 가속하는 나에게 그는 조금 짓궂은 얼굴로 말했다.

"그때는 아야코 씨가 굉장한 유혹을 해주실 거잖아요?"

"…………"

어안이 벙벙했다.

조금 늦게…… 나를 놀렸다는 걸 알아챘다.

"굉장한 유혹을 하는 아야코 씨, 보고 싶었는데."

"무, 무슨 소릴 하는 거야! 정말이지. 안 해! 그건 어쩌다 보니 나온 말이야. 공수표 같은 거라고!"

"그렇구나. 아쉽네요."

"……애초에 유혹이고 뭐고, 나는 슬슬 바리에이션이 떨어졌는데? 이미 온갖 것들을 보여주고 말았잖아. 수영복에 메이드복에 알몸 에이프런까지 해버렸으니…… 이 이상 뭘 하라고?"

"그 이상…… 바니걸 같은 거요?"

"~~! 아, 안 해! 바니걸 옷 같은 건 안 입어!"

"플래그예요?"

"플래그가 아니야! 복선 같은 게 아니라고!"

성대하게 태클을 건 뒤, 나는 절절히 한숨을 내쉬었다.

그 후 탓군은 계산서를 들고 자리에서 일어나더니.

"그럼 이제 돌아갈까요."

라고 말했다.

"……응."

나는 말을 곱씹듯이 고개를 끄덕였다.

돌아가자.

우리 집으로.

나와 탓군이 지금 같이 사는 집으로——.

카페에서 나온 뒤엔 누가 먼저랄 것 없이 자연스럽게 손을 잡았다.

"저녁용으로 장을 보고 가는 게 좋겠네요."

"그러자. 음…… 오늘은 누가 만들지 정했던가?"

"생각해 봤는데, 오늘은 같이 만들어보지 않으실래요?"

"아, 그거 좋은데! 재밌겠다!"

"그럼 결정이네요. 문제는 뭘 만들지가……."

"그렇다면…… 만두는 어때? 전에 TV인가 어딘가에서 본 적이 있거든. 부부나 커플이 같이 만들면 즐거운 요리라고."

"만두 좋죠."

"좋아. 후후, 소에는 뭘 넣을까."

"저 날개 만들고 싶어요. 날개만두."

"아, 좋네. 그거 아주 좋아. 꼭 만들자."

특별할 것 없는 일상적인 대화를 하며 우리는 도쿄의 거리를 걸어간다.

둘이 함께, 손을 잡으며.

그 모습이 옆에서 어떻게 보일지는 알 수 없지만, 그래도 내 마음은 따뜻하고 행복한 것으로 가득 차오르는 것 같았다.

그와 함께 생활한다는 걸 진심으로 실감할 수 있었다.

에필로그

♠

밤.

아주 즐거운 둘만의 만두 파티를 마친 뒤——.

"……후우."

나는 혼자 욕조에 몸을 담그고 있었다.

아야코 씨가 '나는 조금 할 일이 있으니까.'라고 했기에 호의를 받아들여 먼저 목욕을 즐기고 있다.

아리사와 관련된 문제가 전부 말끔하게 해결되어 머리도 개운——.

하진 않았다.

오히려 반대다.

끙끙 앓고 있다.

끙끙 고민하고, 번뇌하고 있다.

한 문제가 해결되었기 때문에, 계속 시선을 돌려왔던 또 하나의 문제가 또렷하게 두드러진 느낌이 든다.

"……슬슬 괜찮을까?"

뭘 고민하냐면—— 그러니까…… 육체관계에 대해서다.

슬슬 유혹해도 괜찮을까.

슬슬 요구해도 괜찮을까.

그 점을 홀로 끙끙 앓고 있다.

솔직하게 말하자면…… 동거한 뒤로 계속 앓고 있다고 해도 과언이 아니다.

동거하면서 보는 아야코 씨의 다양한 모습은 너무 매력적이고 너무 섹시해서, 남자로서 자연스럽게 욕망이 치솟았다.

너무나도 안고 싶다.

사랑하는 여성과 하나가 되고 싶다.

그런 욕망을 계속 애먹고 있다.

"……아, 망할. 왜 그런 말을 해버린 거지."

동거 첫날, 나는 말했다.

아야코 씨가 마음의 준비가 될 때까지 기다리겠다고.

발언을 후회하는 건 아니다. 그날 밤에 한 말은 거짓말이 아니고, 무엇보다 겁을 먹은 듯한 아야코 씨를 앞에 두고 억지로 들이댄다는 선택지는 없었다.

하지만.

덕분에…… 장벽이 어마어마하게 올라가 버린 느낌이 든다.

실수다.

처음에 그런 소릴 해버리면…… 한동안은 내 쪽에선 절대 못 들이대잖아. 손을 대면 '어? 그런 멋있는 소릴 해 놓고, 결국?' 같은 게 되어버리잖아.

덕분에 동거 첫날부터 인내의 나날이 시작되었다.

목욕하고 나온 모습이나 파자마 모습, 의도치 않게 보고만 옷 갈아입는 장면이나 노출 등…… 수많은 유혹과 싸웠다. 숨이 턱 막힐 듯한 색기를 흩뿌리는 극상의 육체를 앞에 두고도 부글부글 끓어오르는 욕망을 군침과 함께 삼켰다.

그 후, 인턴으로 일하러 간 곳에서 아리사와 만나 다른 곳에 신경 쓸 여유가 사라지고 말았지만── 그 문제가 해결되었으니, 나는 다시 이 문제와 마주 봐야만 한다.

아니.

아리사 건을 거치면서 조금 생각을 돌아보기로 한 부분이 있다.

"…………."

아야코 씨는 말했다.

무리하지 말라고.

더 어리광을 부려달라고.

이번에는 내가 괜히 사양하는 바람에 전부 다 부자연스럽게 엇나가버린 느낌이다. 상대방을 존중한 나머지 지나치게 겸손을 보이며 사양하는 내 나쁜 습관을 제대로 고치려고 한다.

하지만.

그렇게 생각하면…… 아야코 씨에게 손을 대지 않는 것도 내가 무리하며 사양하는 것 중 하나인 걸까.

누구보다도 소중한 여성이기 때문에 이런 부분에선 신중해지고 싶었다.

어영부영 흘러가는 건 싫다.

성실하게 임하고 싶었다.

그 마음에 거짓은 없다.

하지만…… 결국 그것도 사양하는 셈이 되는 걸까.

그녀를 배려하는 것처럼 보여도 단순한 자기만족에 불과했던 걸까.

어쩌면 아야코 씨도, 사실은 지금 당장에라도 맺어지고 싶어 한다거나──.

"아니, 그건 아니지. 그건 아니…… 겠지?"

설마 아야코 씨가 그런……. 아니, 하지만 여성에게도 성욕은 있다고 들었고 소위 여성의 성욕은 30대부터가 본편이라고 하던데.

그러고 보면 오늘…… 만두에 마늘을 안 넣었지.

아야코 씨가 필요 없다고 해서.

설마 오늘 이제부터…… 그런 일이 있을지도 모른다고 기대하고 입 냄새를 의식한 건──.

"아……, 모르겠어."

모르겠다. 하나도 모르겠다. 이런 종류의 여심을 이해하기에는 연애 경험이 너무 없다. 줄곧 동정으로 살아온 남자에게는 너무나 난해한 문제다.

끙끙 앓고 있던 사고회로가 막다른 길에 들어서 버린 나는 우선 욕조에서 나왔다. 이 이상 들어가 있다간 탈진할 것 같다.

의자에 앉아 몸을 씻기 시작한── 그때였다.

탁.

욕실의 접문 너머, 세면실의 문이 열렸다가 닫히는 소리가 났다. 그쪽을 돌아보자 불투명유리 너머로 흐릿하게 아야코 씨의 실루엣이 보였다.

세면실에 들어온 모양이다.

무언가 가지러 온 걸까.

하지만 아야코 씨는 잠시 그 자리에서 움직이지 않았다.

무슨 일인 건지 의아해서 바라보고 있었더니, 이윽고 느릿느릿 움직이기 시작했다. 실루엣만으로는 뭘 하는 건지 알 수 없다.

너무 쳐다봐도 실례일 테니, 나는 몸을 다시 돌려서 샴푸로 손을 뻗었다. 나는 목욕할 때 머리부터 먼저 감는다.

"타, 탓군······."

샴푸의 꼭지를 누르기 직전, 불투명 유리 너머에서 아야코 씨가 말을 걸었다.

"무슨 일이세요?"

되묻는 나에게 그녀가 말했다.

긴장과 수치심이 뚝뚝 묻어나는 상기된 목소리로, 하지만 분명한 어조로.

"가, 같이 들어가도 돼?"

이해할 수 없었다.

잘못 들은 줄 알았다.

설마── 아야코 씨가 그런 말을 할 리가 없는데.

같이 들어가도 되냐니.

그런 꿈에서나 나올 법한 말을 할 리가 없다.

"어? 네? 저기, 지금, 뭐, 뭐라고……."

"……들어갈게."

내 대답도 기다리지 않고 아야코 씨가 말했다.

드르륵. 이번에는 욕실의 접문이 열렸다.

그리고 나는 숨을 삼켰다.

"──!"

아야코 씨는 옷을 벗고 있었다.

물론 전라인 건 아니다.

몸에 목욕수건을 감아서 은밀한 부위는 잘 가리고 있다.

하지만 그녀의 육감적인 몸은 얇은 수건 한 장으로 가린 정도로는 파괴력을 상실하지 않는다. 풍만한 가슴은 목욕수건을 감고 있어도 여전히 거대하고, 오히려 깊은 가슴골이 강조되었다. 잘록한 허리와 큼직한 엉덩이는 관능적인 곡선을 그렸고, 수건 아래로는 새하얀 허벅지가 뻗어있다.

"잠깐…… 뭐, 뭐 하시는 거예요. 아야코 씨……!"

나는 소리치면서 허둥지둥 의자에 앉은 채 그녀에게 등을 돌렸다.

목욕수건 한 장만 걸친 육체를 계속 응시하고 있다가는 큰일이 날 것 같았고—— 무엇보다 지금, 내가 알몸이다. 앞모습만큼은 보여줄 수 없다.

하지만 곧바로 깨달았다.

여기는 욕실. 정면에는 거울이 있다.

수증기 때문에 조금 흐릿해지긴 했으나, 그래도 그녀의 얼굴은 똑똑히 보였다.

"드, 등을 밀어주려고."

"등……."

"갑자기 바니걸은 무리지만, 이 서비스는 아직 한 적 없잖아?"

그렇게 말하는 그녀의 얼굴은 거울 너머로도 확연하게 알 수 있을 만큼 새빨갛게 물들어 있었다. 필사적으로 평정을 가장하는 듯했지만, 얼마나 큰 수치심을 내리누르며 지금 이 자리에 서 있는 걸까.

무척이나 부끄러워하고 있을 테지.

하지만—— 긴장해서 촉촉해진 눈동자 안쪽에는 강한 빛이 보였다.

굳게 결심한 듯한 각오의 빛이——.

"……이제, 도망치지 않을 거야."

아야코 씨는 말했다.

"도망치지 않을 거고, 사양도 하지 않을 거야. 하고 싶은 것, 해주길 바라는 것은 '알아차려' 달라고 기다리는 게 아니라 제대로 말하도록 노력할게. 아무리 어려운 일이라도…… 어떻게든 해볼게."

혼잣말처럼 중얼거린 뒤, 그녀는 천천히 다가왔다.

의자에 앉은 내 바로 뒤에 무릎을 꿇었다.

"탓군."

귓가에서 속삭이는 바람에 등이 오싹오싹 떨렸다.

그 목소리는 긴장해서 딱딱했지만, 황당할 정도의 색기를 띠고 있었다.

"──마음의 준비라면, 되어있어."

뇌가 녹아버리는 줄 알았다. 심장이 터지는 줄 알았다.

『마음의 준비가 될 때까지 아무것도 안 할게요.』

그런 나의, 다정함과 두려움을 헷갈린 자기본위적인 선언에 그녀가 지금, 명료하게 답해주었다.

부끄러움을 짓누르고 마음을 분명하게 말로 꺼내주었다.

어안이 벙벙해진 내 뒤에서 그녀가 보디소프에 손을 뻗어 꾹꾹 누른 뒤 거품을 내기 시작했다.

우리의 긴 밤이 시작되었다.

후기

　동거. 같이 사는 것. 다른 환경, 다른 상식 속에서 살아온 두 사람이 같이 생활하는 건 무척 힘든 일이라고 봅니다. 혼자 생활하는 게 아니니까, 상대방을 배려하고 상대방의 가치관이나 상식에 맞춰가는 게 중요하죠. 하지만── 상대방에게 너무 다 맞춰주는 것도, 그건 그거대로 좋지 않습니다. '나는 뭐든 괜찮으니까 너에게 맞출게' 이런 식으로만 나온다면 상대방도 힘들 거예요. 상대방을 배려하는 것 같으면서도 실제로는 책임을 전부 떠넘겨버리는 것과 다를 게 없으니까요. 전부 상대방에게 맞춘다는 건, 전부 혼자 정하는 것과 비슷하게 독선적인 짓일지도 모릅니다. 커플이든 부부든 정답 같은 건 없으니까 제대로 서로의 의견을 교환하고 맞춰나가는 게 가장 중요하겠죠.

　뭐 그런 생각을 하는 노조미 코타입니다.

　이웃집 어머니와의 순애 나이 차 러브코미디, 제5탄.

　이하 스포일러로 가득합니다.

　드디어 두 사람의 연애가 시작됐는데, 난데없이 장거리 편── 이 아니라 러브러브 동거편을 시작한 제5권이었습니다. 전 여친(가짜)가 등장해서 휘저어놓을 줄 알았는데 그녀는 아무런 사심도 없고, 두 사람만 멋대로 헛발질한다는 이 작품다운 이야기가 되지 않았나 하네요. 일단 다음 권으로 동거 편이 끝나고 고향으로 돌아갈 예정입니다. 또 4권의 후기에도 적었지만…… 애니화 관련 이야기는 판타지가 잔뜩 들어갔으니 양해 부탁드립니다.

그리고 에필로그의 전개만 봐도 아셨겠지만…… 다음 권에서는 드디어. 20살을 넘긴 두 사람이 동거 편을 시작한 이상 이 테마는 절대로 피할 수 없죠. 어떻게 될지 알 수 없지만, 전격문고 편집부를 아슬아슬 한계까지 공략해보고 싶습니다.

갑작스러운 공지. 이 5권과 거의 같은 타이밍에 만화판 제1권도 발매됩니다! 원작의 내용을 묘사하면서도 만화이기 때문에 보여줄 수 있는 매력으로 가득한 멋진 작품입니다. 제가 새로 쓴 단편도 실렸으니, 부디 잘 부탁드립니다!

이하 감사 인사.

미야자키 님. 이번에도 신세 졌습니다. 황금연휴 때문에 마감이 타이트해져서 고생하셨네요……. 기우니우 님. 이번에도 멋진 일러스트를 그려주셔서 감사합니다. 전부 최고였지만, 남친 셔츠 마마가 특히 최고였습니다.

그리고 이 책을 읽어주신 독자 여러분께 최대급의 감사를 드립니다.

그럼, 인연이 닿는다면 다음 권에서 만나요.

노조미 코타

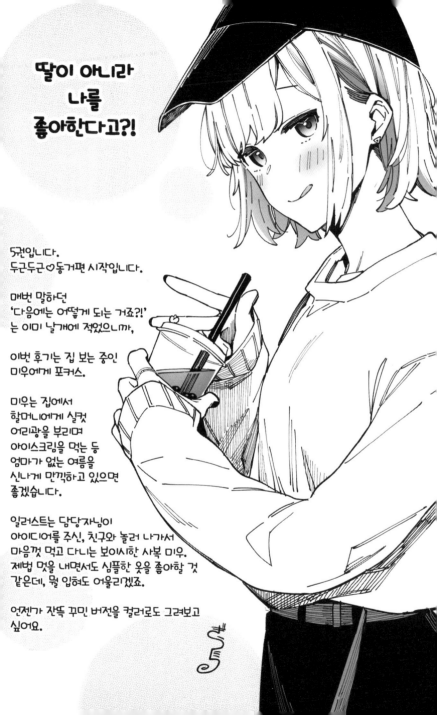

딸이 아니라 나를 좋아한다고?!

5권입니다.
두근두근♡동거편 시작입니다.

매번 말하던
'다음에는 어떻게 되는 거죠?!'
는 이미 날개에 적었으니까,

이번 후기는 집 보는 중인
미우에게 포커스.

미우는 집에서
할머니에게 실컷
어리광을 부리며
아이스크림을 먹는 등
엄마가 없는 여름을
신나게 만끽하고 있으면
좋겠습니다.

일러스트는 담당자님이
아이디어를 주신, 친구와 놀러 나가서
마음껏 먹고 다니는 보이시한 사복 미우.
제법 멋을 내면서도 심플한 옷을 좋아할 것
같은데, 뭘 입혀도 어울리겠죠.

언젠가 잔뜩 꾸민 버전을 컬러로도 그려보고
싶어요.

MUSUME JANAKUTE MAMA GA SUKINANO！？ Vol.5
©Kota Nozomi 2021
Edited by 전격 문고
First published in Japan in 2021 by KADOKAWA CORPORATION, Tokyo.
Korean translation rights arranged with KADOKAWA CORPORATION, Tokyo.

딸이 아니라 나를 좋아한다고?! 5

2022년 8월 14일 1판 1쇄 발행

저　　　자 노조미 코타
일 러 스 트 기우니우
옮 긴 이 현노을
발 행 인 유재옥
본 부 장 조병권
담당편집 정영길
편 집 1 팀 김준균, 김혜연, 박소연
편 집 2 팀 정영길, 조찬희, 박치우, 정지원
편 집 3 팀 오준영, 곽혜민, 이해빈
미　　　술 김보라, 박민솔
라이츠담당 맹미영, 이승희, 이윤서
디 지 털 박상섭, 최서윤, 김지연
발 행 처 ㈜소미미디어
인쇄제작처 코리아피앤피
등　　　록 제2015-000008호
주　　　소 서울 마포구 토정로 222, 403호(신수동, 한국출판콘텐츠센터)
판　　　매 ㈜소미미디어
마 케 팅 한민지, 박종욱, 최정연
물　　　류 허석용
전　　　화 편집부 (070)4164-3962, 3963 기획실 (02)567-3388
　　　　　 판매 및 마케팅 (070)4165-6888, Fax (02)322-7665

ISBN 979-11-384-0419-8 (04830)
ISBN 979-11-6611-278-2 (세트)